商务印书馆（成都）有限责任公司出品

葛兰西的灰烬

〔意〕皮耶尔·保罗·帕索里尼 著

刘儒庭 译

Pasolini

LE CENERI DI GRAMSCI

Prefazione di Giuseppe Leonelli

©Garzanti Editore s.p.a., 1957,1976
©1999, 2003, 2009, Garzanti S.r.l., Milano
Gruppo editoriale Mauri Spagnol

The Chinese language edition is published in
arrangement through Niu Niu Culture.

本书根据加尔赞蒂出版社 2015 年版译出

序
关于《葛兰西的灰烬》

《葛兰西的灰烬》于1957年结集出版,内收十一首短诗,所有这些诗都在1951年到1956年期间公开发表过(《挖掘机的哭泣》只刊登了一部分),多数是在刊物上发表的。这部作品出版时,左翼文化正处于极为微妙的时期,处于"可怕的一年"(阿门多拉如此形容1956年)后的危机之中,这时接二连三地遭遇了一系列事件:苏联共产党召开第二十次代表大会,会上谴责了斯大林,这给人以极大希望,但也造成极大困惑;另外是入侵匈牙利的可悲事件,这使意大利共产党的党员大量流失,因为意共支持苏联向匈牙利派出坦克。在这种情况下,帕索里尼的这部作品,以一首相较而言更为突出的诗歌作为标题,显得极具政治和社会现实意义,尽管现在的读者很难对这作品在这一方面的特质有一个恰如其分的了解,特别是年轻读者,这些事件发生半个世纪后,世界发生了巨大变化,这些事件已模糊不清。

一部诗集的销售情况如此之好极为罕见,因此它立即引发评论界的热烈讨论。年轻评论家皮埃罗·奇塔蒂因其严苛而在众多评论间显得十分突出，他说这是"预制件诗歌"。著名老派评论家朱塞佩·德罗贝尔蒂斯则表现出困惑，但并不先入为主地表示敌视。佛朗哥·福尔蒂尼像他有时面对别人的才华时那样表现出不小的非议。1955年不看好《求生男孩》的卡洛·萨利纳里这次承认，他面对的是"确实重要的新一代的第一本诗集"，尽管他在一定程度上模式化地把帕索里尼这位"缪斯"降格为这样一种类型："失望"的头脑与心肠分裂的知识分子，这样的知识分子感觉到了"个人主义的资产阶级文明的末日"，但还不能"确立新文明"。最具启示性的解读来自两位评论家，一位是切萨雷·加尔博利，一位是杰诺·潘帕洛尼。前者首先关注的是这本诗集在风格方面的价值，后者非常明智地避开任何可能的政治赌注，包括诗人本人的政治赌注（帕索里尼在题为《风格的自由》一文中曾提到"对文化进行手术应先于对诗歌进行手术"），他在《葛兰西的灰烬》出版后不久写的一篇评论中说，这本书中的诗不是"意识形态式的诗"，而是"意识形态的诗，就等于说，这里所谈论的诗是文学范畴内的诗，同时又等于说，现代诗属于对诗进行思考的诗"。这是解读《葛兰西的灰烬》的正确方式，是为对立的道义训斥开出的解毒药，这些训斥既来自右翼，也来自左翼，这些人在诗集出版后从先入为主的判断出发立即投入了一场热烈的争论。

今天，在后现代主义末日的余辉下——此时所有拿不出多少作品的作家们都显得无精打采，我们面临另外一种危险，一种不同的、对称的危险。尽管可以写我们想写的文章，尽管这种文章最后会成为使我们迷失的作品，成为使人找不到北的虚渺空蒙，这种可能会使我们放弃理解一位作家的词汇，放弃将这些词汇理解为卡尔维诺在《无穷的客观性》一文中所强调的"确实像刀子一样锋利的觉悟"，不会有任何这类欲望了。现在的觉悟显得越来越不锋利了，甚至有点儿像塑料刀叉。

当时的理想，在《葛兰西的灰烬》中所集中描绘的理想，真是令人叫绝的美梦，文学不再是只在自己圈子里相互引用的一大串作品清单，而是可以服务于使现实世界的肌体更丰腴，或者像帕索里尼 1959 年就自己的小说在《新主题》杂志刊登的一篇文章中所说的，服务于"让人就事物发表意见"。难道对于这样的"手术"（帕索里尼自己的话）的信心不正是任何意识形态所需要的"绝对必要条件"吗？像潘帕洛尼所说的，这不是"意识形态式的诗"，而是"意识形态的诗"，难道这样的诗不正是在表达这种信心，不正是在把这种信心由心智层面、由多被理解为仅限政治层面的意义扩大到"激情"吗？在《葛兰西的灰烬》中，无论从哪一点出发，激动（但在这里我们最好用更具帕索里尼特色的语言，即"激情")都永远不会停止,都会立即通往世间的所有道路,都会因人性的关联众多而得以丰富。激情闪着亮光投射于事物的哪怕最纯粹、表面上也显得中性的象征性之中,使这些事物相互联系起来,甚至使相互对立的事物也相互关联,相互融合。最后,从"另一种"逻辑,比如说诗的逻辑来看,帕索里尼极为亲切又认为应予斥责的"手术"尽管没有根据,但它是这些诗中存在的大量矛盾修辞法和对立结合法——读者在《葛兰西的灰烬》中可以清清楚楚地读到——的心理根源(用斯皮策的话说):从"平静的悲戚"到"温和的激情""光明是/黑暗种子的果实",直至"这很神秘,//但也清晰,因为这些人单纯但也被腐蚀"。

如果一定要在帕索里尼的这部独具风格因而充满人情味的作品(如他自己所认为的,"理解就等于表达")中选出一个甚至与"着魔"相向而行的表达主题的关键词,选出一个透明又污浊、卑微又强烈的词,一个能够将表面上看似不可融为一体的东西融为一体、将最响亮的诗句同十分粗糙的诗句融为一体的词,我觉得毫无疑问应该选"激情"这个词。这个人,这位艺术家、评论家、教育家的所有立场,哪怕是最偶然的、昙花一现的立场,其生死攸关的根子就在这里,就在于他的激情。帕索里尼在短短的一生中一直在对《天主教会的夜莺》中的那个小伙子和青春期的自恋等进行深刻的心理分析，因此，他的整个世界最后成为令人眩晕的、令人神伤的自我张扬。诗的进程就像那喀索斯①一般，这位神对现实的表面进行思考，就像对着镜子进行思考，向周围的人放射出巨大的性能量：一切都转化为无限制地对自己的性欲进行宣扬；同异体接触造成的创伤也作为爱恨交加的污点进行展现。

"激情"与"意识形态"——1960年结集出版的那本书用的就是这两个词作为书名，书名中的两个词有明确的关联，二者相互接近同时又相互分开，而在《葛兰西的灰烬》中，二者趋向于相互重叠甚至到了相互融合的地步，并且以十一音节三行隔句押韵的形式来表现，这种方式来自帕斯科里和但丁：这种诗句在韵律上有缺陷，因此是不完美的，这已经被多次强调过，确实显得有些急促，韵律显得有些过于短促，这是一种既强烈又焦急、同时也充斥着读者激情而急切交流的愿望的标志。

---

① 那喀索斯是希腊神话故事中的美少年，曾为著名预言家提瑞西阿斯预言，只要不看到自己的脸就可长寿。因他十分漂亮，向他求婚的女子很多，但都遭拒绝。女子们请求惩罚女神涅墨西斯惩罚他，涅墨西斯同意了。一次那喀索斯打猎归来时，在池水中看见了自己俊美的脸，他顾影自怜，无法从池塘边离开，终于憔悴而死。心理学中"自恋症"一词即来自那喀索斯的名字。（本书脚注如无特别说明，均为译注。）

连环的三行隔句押韵是一种漂亮的叙事押韵方式，这使《柽柳集》①的作者可以在他的第一本书中在客观叙述和构建一种句法框架的愿望之下把世间的主显节和他自己的主显节结合到了一起（我们可以把《天主教会的夜莺》看作帕索里尼的《柽柳集》，这本书是写在《葛兰西的灰烬》之前却在其之后出版）；使这位诗人可以写出他的《诗》《最初的诗》和《新诗》。居于帕斯科里这种客观性的梦想中心的是"卑微的意大利"这一形象，这一形象极为古老，持久不衰，但丁和维吉尔都很喜欢，后来又以"没有姓名的涣散的平民百姓"的面貌出现于曼佐尼的《阿德尔齐》②的第一歌中。在帕斯科里的诗作中，田园诗（《播种》《分蘖》《意大利》和《教皇之死》）所描绘的意大利的人民淳朴内敛，自外于任何形式的历史发展进程，顽强地使用古老的山地语言（正如帕斯科里在《卡斯特尔维基奥之歌》第二版所附的语言说明中所说的，这样的语言"很难理解……但经过多少世纪之后依然活在""与世隔绝的卢凯西亚地区"），这样的意大利同大自然的周期、

---

① 《柽柳集》是意大利诗人帕斯科里（1855—1912）的代表作品，他的主要作品还有《最初的诗》等。
② 《阿德尔齐》是意大利著名作家曼佐尼（1785—1873）写的一部历史悲剧，描写八世纪法兰克国王查理大帝对伦巴第的入侵，谴责异族统治，指出被奴役的人不能期待侵略者恩赐自由。

同大自然本身紧密地联系在一起。

帕索里尼对这一议题极感兴趣,对民众心理学进行多年研究后对此有了深入了解,这些研究的成果就是两部诗集:《二十世纪方言诗》(同马里奥·德拉尔科合编,1953年出版)和1955年出版的《意大利诗歌》。《卑微的意大利》同帕斯科里的更高雅的、更具拉斯金特色和前拉斐尔特色的诗比较起来更显激进,更具卡拉瓦焦的色彩(帕索里尼在博洛尼亚上大学时就热衷于罗贝尔托·隆基的课程)。这一特点在《葛兰西的灰烬》一书第一首诗《亚平宁》中就已显现出来,这首诗像一种想象,像一幅"读诗画"式的大型历史壁画,像电影中的移动摄影一样按时间顺序快速浏览了从卢凯西亚到那不勒斯的意大利的几个地区。构图的中心是雅各布·德拉·奎尔恰①创作的伊拉里娅·德尔卡雷托的雕塑,这一作品在卢卡市主教教堂的十字耳堂,大理石雕成的眼睑半睁半闭,像在沉睡。伊拉里娅就是意大利的象征,她是"陷入死亡的意大利","虚度过多少世纪的时光"。正是以这种沉重

---

① 雅各布·德拉·奎尔恰(1374—1438)是意大利著名雕塑家,他的雕塑作品《伊拉里娅·德尔卡雷托》创作于1406—1407年。伊拉里娅是卢卡君主保罗·圭尼吉的年轻妻子,于1405年去世。这一雕塑作品是她的石棺,与当时流行的烦琐装饰不同,石棺四周的装饰很简单,突出的是仰面躺在棺盖上的死者的形象,眼睛半闭,像是刚刚入睡。

的、久远的沉睡——这个国家就是如此——作为背景,开始展现这个国家人民的生活,以"它最纯洁最最不可或缺的时代"作为起点,这一时代仍在持续,这是人民多少世纪以来的生活,从"多少世纪以来 / 奥尔维耶托没有任何变易"的美丽形象,这个城市"俯瞰着 / 蓝天下俄耳甫斯后代耕种的田地",田地间"伟岸的 / 伊特鲁里亚人在沉睡",到当代"意大利之夜被感染的膜"。达到顶峰的图像是这样的形象:"不信教者 / 居住的城中村丑陋肮脏。那里 // 除去性之外一无所知,洞穴中 / 不是大便便是孩子们在嬉戏",这一城中村被一支在现代罗马附近扎下营寨的大军占据,"其成员在这座天主教的 / 城市间,期待成为天主教信徒队伍中的一员"。

这一主题由《亚平宁》一诗(题目是贝尔托鲁奇式的:在《家乡来信》中就出现过《再次见到的亚平宁》,《亚平宁》一诗所描写的背景和使用形容词的技巧等都可以看到贝尔托鲁奇的这首诗的影子)又反射于《人民之歌》和《卑微的意大利》,然后过渡到夹杂着个人美好回忆的《弗留利绘画》("你了解那个地区,那个弗留利, / 那里只有风儿冲击触碰,那是透着香味的风!"),接下来是更具他的特色、更让人深刻铭记、更个性化、更观念明确的那首《葛兰西的灰烬》。这首诗——正如瓦尔特·西蒂指出的,它含有这位诗人的大量"阅读提示"("怪行自相矛盾"、流民无产阶级和意大利共产党的反应迟钝)——让很多"最好的评论家们"怀疑"秘密应该在别的地方"。秘密就在于,诗的主题是在社会道义方面提出问题,但这只是表面的东西,一切在这种表面的东西之下展开,用年轻葛兰西极为清纯的甚至是圣方济各式的形象来表达,他"不是父辈,是卑微的弟兄",最典型的是那双"消瘦的手",就是这双手描绘出"理想,/这理想照亮……"。西蒂将这一秘密说成"临产前的兴奋巅峰",一种在表现现实时的"神秘的恬淡"。

这是帕索里尼一生作品中的一条地下暗河(我们在他创作《求生男孩》的年代就可以听到暗河流动之声)。帕索里尼对此非常清楚:他在《葛兰西的灰烬》中就提到"另一种东西,也许更令人欣喜//更加猥劣,是青年人令人陶醉的情欲/同死亡共生一体"。但我们对此尚缺乏探索。这首诗的思想意识似乎暗示我们,需朝着与它表面主题背道而驰的另一条道路去探索?帕索里尼的激情无处不在——这一点需要再次重复,所有一切都是自我的对外展现:既支持葛兰西又反对葛兰西,既在世界之内又在世界之外,既自我封闭,又迷失于"最迷茫的道路",始终沉迷于对自己那个子宫似的小窝的怀念之中(又回到与帕斯科里相似,同时还引进来自彭纳的和谐:"我想在睡梦中生活/在生活的甜蜜声响中生活"),在这里,生活同梦本身重叠,死亡不再是与生活不可调和的异体,而是——几乎是在性的狂热之中——与生活对向行驶并在维持生活。

自我与世界、资产阶级知识精英与民众的分裂在美学层面实现并升华。心目中设想的、由葛兰西的形象所代表的"无产阶级的生活"的图像,与被置于"黑暗的脏腑"("但这光有什么用?")——也许这也是子宫的象征——中的另一种图像之间形成一种势差,这种势差带来的是诗的能量的不停顿的流动。正是同样的原因,使得人们读到《挖掘机的哭泣》那闪电似的前几句时就感到深刻动人,几乎令人难以自制:"只有爱、只有认知 / 有价值,没有爱过,/ 就没有认知。缺失爱的 // 生活让人 / 痛苦,心灵不再成熟。"

帕索里尼既热爱同时又害怕《葛兰西的灰烬》中所说的"美的激情"或者"历史的真空中"的"几乎是亚历山大式的 // 美妙但单调的淫猥……这淫猥多么殷红,/ 它肮脏地点燃激情"。但是,在真正的诗的出路明确无误时,这"美的激情"或者说唯美主义——五十年代文化界对之抱有怀疑——是可以流行的,小诗《耕种之地》就是明证。潘帕洛尼就指出,这首诗"美极了",评论界无视这一评价,或者总是对之轻描淡写,而且经常误解这一评价的意思。这首诗极为出色,它向我们展现了人民的形象,这一形象与其他诗歌所展现的形象大不相同。在乘坐火车前往南方的可怜的人们看来,所有的一切都是敌对的，包括观察他们的人所表现出的怜悯之光照耀下的"旧激情"也是敌对的。帕索里尼自己平心静气，最后以默默专注结束了这首诗。这表明诗人的创造力极为丰富，只要感到有必要，就是那些一般被认为确实不值一提的东西也可以让它点燃激情，也可以让这些东西燃起非同寻常的火焰，同时也可以从中发现极具生命力的质朴纯真。

朱塞佩·莱奥内利

参考文献

Pietro Citati, *Le ceneri di Gramsci*,《Il Punto》, 29 giugno 1957.

Giuseppe De Robertis, *La voce vera di Pasolini*,《Tempo illustrato》, 21 novembre 1957; ora in *Altro Novecento*, Firenze, Le Monnier, 1962.

Franco Fortini, *Le poesie italiane di questi anni. Pasolini*,《Il Menabò》, 2, 1960; ora in *Saggi italiani*, Milano, Garzanti, 1987.

Cesare Garboli, *Poesia*,《L'approdo letterario》, gennaio-marzo 1958; ora in *La stanza separata*, Milano, Mondadori, 1969.

Geno Pampaloni, *Due poeti del dopoguerra*, 《L'Espresso》, 25 agosto 1957; ora in *Il critico giornaliero. Saggi militanti di letteratura. 1948-1993*, a c. di G. Leonelli, Torino, Bollati Boringhieri, 2001.

Carlo Salinari, *Un poeta nella terra del lavoro*, 《Il Contemporaneo》, 29 giugno 1957; ora in *Preludio e fine del realismo*, Napoli, Morano, 1967.

Walter Siti, *Tracce scritte di un'opera vivente*, in P. P. Pasolini, R*omanzi e racconti. 1946-1961*, a c. di W. Siti e S. De Laude, Milano, Mondadori, I Meridiani, 1998, vol.I.

目 录

1 亚平宁　1

2 人民之歌　23

3 毕加索　29

4 集会　47

5 卑微的意大利　57

6 弗留利绘画　71

7 葛兰西的灰烬　87

8 故事　111

9 挖掘机的哭泣　123

10 诗体论战　155

11 耕种之地　171

注　181

译后记　187

1

亚平宁①

I

这是山脊、醉鬼和石灰的天地,

沉默无声,你生活的月球寂静无比,

月光冷照修剪得太过分的草地

---

① 《亚平宁》一诗作者注明写于1951年,首次发表于1952年12月的《比较—文学》杂志。"亚平宁"三字指亚平宁山脉,这一山脉与东西向的阿尔卑斯山呈丁字形连接,向南延伸构成亚平宁半岛,意大利的国土绝大部分在这一半岛上。意大利全国分为二十个大区,下设一百多个省,再下是市镇,市镇大小不一,罗马、米兰等人口在二百万以上,最小的市镇人口只有三千多人。在社会经济发展水平上,一般认为意大利分为北方、中部、南方三大部分,意大利在十九世纪中期实现国家统一后,南部地区一直落后,大批南方人移民北方,因此有"南方"是意大利的"国内殖民地"之说。在这本诗集中,作者多次使用"南方"一词,诗作涉及北起卢卡市南至那不勒斯市的大片地区,包含地理、文化、历史、人类学等诸多方面。

构成的卢凯西亚地区,而在维西利亚①海岸

热浪凌厉,空荡荡的海上也是

一片静寂——船舱和船体,

无精打采的风帆和陈旧的人力作业,

所有这些都令人惊异,

渔船的航程途经厄尔巴岛、阿金塔里奥地区②……

月球上,月球上的生活也不过如此。

从比萨到卢卡的意大利苍白无力。

比萨浮在灯火明亮的阿尔诺河③上,

节日的灯光却呈现出死气沉沉的气息。

---

① 卢凯西亚地区指卢卡省卢卡市周围的大片地区,卢卡市是一座古城,罗马帝国时期建立,十三世纪卢卡商人曾引进东方的丝绸纺织技术,大规模发展丝织业,卢卡一度成为中世纪欧洲的丝绸纺织和贸易中心。维西利亚是卢卡省西北部的一大片地区。
② 厄尔巴岛是第勒尼安海上的一个小岛,在意大利中部,拿破仑曾被囚禁于这一小岛;阿金塔里奥地区是亚平宁半岛中部西海岸的一大片陆地,对面即是厄尔巴岛。
③ 阿尔诺河是意大利中部的一条河流,是托斯卡纳大区主要河流,经佛罗伦萨后到比萨市。

卢卡在灰色天主教的氛围下显得端庄,但这
只不过是它的完美仅存的遗迹……

这月球透出人间气息,它从这些冰凉的岩石中
汲取强大的激情活力……正是
在它们静默的背后,

死的火焰从无声的
深渊蓬勃而起:
形成卢卡或比萨的大理石,

奥尔维耶托的凝灰岩石[①]……

---

① 奥尔维耶托是意大利中部的一个非常古老的城镇,高踞于一座凝灰岩山体的小山之上,俯视台伯河谷,三面陡壁,只有一面斜坡可通行。

II

阴沉沉的月亮无光，伟岸的
伊特鲁里亚人①在沉睡，
月亮只不过是俯身倾听

皮恩扎②或塔尔奎尼亚③方石

---

① 伊特鲁里亚人是意大利半岛上一个非常古老的民族，早在公元前八世纪就在台伯河流域北部地区繁衍，公元前500年左右又扩展到南部的坎帕尼亚和北部的波河流域。王政时期的古罗马权力长期被伊特鲁里亚人主导，后在罗马共和时期这一民族完全被罗马人同化。这一民族拥有兴盛先进的文明，在习俗、文化、艺术和建筑等很多方面对古罗马文明产生过深远影响。现在，意大利中部地区现存大量伊特鲁里亚文明的遗迹。

② 皮恩扎是托斯卡纳大区的一座小城，是教皇庇护二世的故乡（皮恩扎之名"Pienza"即来自这位教皇的名字"Pius II"），这位教皇命令建筑师按照文艺复兴人文学者的思想重新规划这一小城，最终建起一座文艺复兴风格的城市，成为城市规划的典范。这是文艺复兴时期的城市设想第一次得以实现，因此曾被称为"理想城"和"乌托邦城"。此后，这一小城一直没有再进行改建，1996年被列入《世界遗产名录》。

③ 塔尔奎尼亚是维泰博省的一个市镇，在罗马西北方向，距罗马不到一百公里。在罗马帝国之前，这一带是伊特鲁里亚人的重要政治宗教中心。后来在该市发掘出很多伊特鲁里亚人的独特坟墓，墓中墙壁上绘有精美的壁画，反映了伊特鲁里亚人的日常生活和社会经济状况，具有重要历史文化价值。

铺成的街道上孩子们的嬉戏……
奥尔维耶托高高耸立于

亚平宁荒秃的山脊,俯瞰着
蓝天下俄耳甫斯后代耕种的田地。
那些山峰显得紧凑拥挤,耕种的田地

像袖珍画中的主体。多少世纪以来
奥尔维耶托没有任何变易,包括城墙上的碎石
和土路小巷旁的屋脊。骡子

在凝灰岩石铺的新碎石路上
向远方走去。

骡子低着头,步伐节奏明快,
在破败的城墙和陡立的房舍间
从下面向上爬去。

鞍子上是两桶鲜红的葡萄,
在博尼法乔的半身雕像前脚不停步,
雕像很快灰尘满布,立在中世纪

5

城墙神龛中的这一雕像，
得到巴洛克塑像般的保护。

III

这博尼法乔既没有他的典型手势,
也没有大卫巨手中紧握的弹弓,
另一塑像是伊拉里娅,孤独的伊拉里娅……

她的大理石塑像
就在修道院的耳堂,像在水族馆中,
低眉顺目,像从平静的远方

伸过来的一双手
放在胸膛。远方
有意大利的晨曦和黄昏,它的不幸中的

诞生,以及它的没有特色的死亡。
沉睡,虚度过多少世纪的时光:没有
任何凿子能剖开

塑着这双眼皮的庞大柔软的石方。

雅各布雕塑这位伊拉里娅
体现的是陷入死亡的意大利，
恰在它最纯洁最最不可或缺的时代死去。

IV

在这低眉顺目下,

一个虱子满身的卡西诺①的孩子在笑,

这是个从父母手中买来的孩子;阿涅内河②

波涛拍击的岸边,抚育他的是

一个杀人凶手和一个妓女。在殖民地似的

夜间,昏暗的星光下钱皮诺③一派静寂,

---

① 卡西诺是拉齐奥大区弗罗西诺内省的一个市镇,在罗马东南方向,距罗马一百多公里,已经属于南方地区。过去说"你真是个弗罗西诺内人",那就等于说"你真是个乡巴佬"。该市位于卡西诺山脚下,山顶有六世纪建的本笃会修道院,"二战"中著名的卡西诺战役就发生在这里。1944年年初,盟军以为德军指挥部设在山顶的修道院,美军轰炸机对之进行轰炸,但德军指挥部并不在修道院。轰炸两天后,德军伞兵涌进废墟,轰炸造成的废墟为德军提供了很好的掩护,让进攻的盟军损失惨重。后波兰部队攻入修道院,整个卡西诺战役宣告结束。战后修道院按原样修复,但其中的大量壁画和艺术品已无法恢复。
② 阿涅内河是拉齐奥大区的一条河流,在罗马市近郊注入台伯河后入海。
③ 钱皮诺是罗马省的一个市镇,在罗马市以南,距离仅几十公里。这里有一个小机场,一些军事飞行和特殊飞行在这一机场起降,一些外国元首等访问意大利时,也使用这一机场。帕索里尼年轻时曾在这里教书,每天乘公共汽车奔波于罗马和钱皮诺之间,这本诗集中的一些诗多次写到他的这一段经历。

权贵们的飞机轰鸣时这个小镇开始战栗。
沿台伯河①街区，上岗的性交易者
在肮脏的厕所边疲惫地等待、寻觅。

从圣保罗教堂到圣约翰教堂
以及罗马每个最热闹的角落，可以隐约
听到1951年降临的钟声，茅舍

和教堂间的宁静被这钟声打破。

在伊拉里娅的低眉顺目中，
意大利之夜被感染的膜
在振动……风儿轻轻，光线

柔和……热血沸腾的年轻人
尖声喊叫，饱含嘲讽和血腥味道……冒着热气的
破布发出臭味，这破布被雨淋得湿汪汪……南方

---

① 台伯河是穿越罗马市的一条河流，向西注入第勒尼安海。后面提到的圣保罗教堂和圣约翰教堂都是罗马市内的重要教堂。

老人的脏话有如叫嚷……在小村庄

和瓦砾间,是艾米利亚①的轻快合唱……

从遍地邪恶的这个省份

到郊区小村庄淫秽的酒吧

耀眼的灯光下,

肉体和贫穷发出流畅平静的

声响。但在伊拉里娅

那半睁半闭的厚实眼睑中,

种种事都在沉睡如梦中。在过早到来的

清晨,死亡将这个少妇

囚禁于大理石石匣。留给意大利的

仅仅是她的像大理石一样的死亡羽化,是她

已经中止的枯燥青春年华……

---

① 艾米利亚指意大利中部的艾米利亚 — 罗马涅大区,大区首府是文化名城博洛尼亚。

在她的低眉顺目中,在她的

沉睡中,在银白色的黑暗中,

肉色的大地面对月亮显出处女的性激情。

这银白色的黑暗使海岸边的亚平宁

陡坡塌方似现似隐,在海滨,

浪花如珠为第勒尼安海和亚德里亚海美容。

皮条和金属围成的圆圈中,灌木丛之间

是潮乎乎的黑色羊群,

这羊圈孤零零立在索拉特山脊① 间

浓绿浓绿的草木围住的林中空地,

羊群沉睡在这个圆圆的羊圈中,

牧羊人懒洋洋四肢蜷缩在

石灰石块当中。

---

① 索拉特山是罗马省的一座山,在罗马以北,距罗马仅四十多公里。索拉特山高六百九十一米,其六座山峰孤零零立于台伯河河谷,四周皆为平地,更显高耸。山上树木茂盛。

V

她的低眉顺目将露营地似的
卢尼①包裹,还有另外一些
焦虑不安的城镇。

这一带的亚平宁更富人情味,
托斯卡纳②精细耕作的土地间
认真编织的篱笆纵横。

或者说这里更为荒蛮,
伊特鲁里亚的原始充斥于陈旧的教堂
——傍晚的清晰纯净声响掠过教堂一侧

奔向远方。这一山脉百曲千转,插进

---

① 卢尼是利古里亚大区和托斯卡纳大区交界处的一个小村庄,古罗马时曾是一个重要海港。
② 托斯卡纳是意大利中部的一个大区,首府佛罗伦萨。

塞尔基奥和奥布罗内河①的古老河床,
粗糙的凹陷和尘世的灯光

之后,在亚平宁山脉的灰土中
异教的气息依然在台伯河滨激荡……
罗马市雇工集聚的林中空地,

亚历山大和巴洛克的遗迹废墟中,
罗马披着金色的月光,不信教者
居住的城中村丑陋肮脏。那里

除去性之外一无所知,洞穴②中
不是大便便是孩子们在嬉戏;沿河大道
从平乔山到阿文廷山,再到圣保罗教堂光秃秃的斜坡,

斜坡上,淡黄色的灯光使热烈的气氛消失净光。
这些地方响起脚步声,

---

① 塞尔基奥和奥布罗内河是托斯卡纳大区的两条河流,长度仅次于前文提到的阿尔诺河。
② 亚平宁山脉中部有很多规模很大的死火山,早年喷发后在地表形成很多洞穴,有大有小。罗马附近有很多地方就以某某洞穴为名,因当地确有洞穴存在。

潮湿的石头被这些脚步弄脏。

罗马的傍晚传来

这些脚步的回响,

像膜被一只邪恶的手指搔着,

浓烈的尿臊味随风飘散。

VI

扎下营寨的一支大军,
其成员在这座天主教的
城市间,期待成为天主教信徒队伍中的一员。

这营盘就扎在光秃的乡村
脏兮兮的小草构成的草甸:
他也加入这支大军享受资产阶级的光晕,

期待着能有一处有尊严的住处存身。他可能
来自普利亚或者撒丁①,
希望在肮脏的地方有一张餐桌尽管落满灰尘,

住进二十世纪风格的光鲜教堂和大厦间憋屈的住宅群。
在这低眉顺目下是一圈百万个灵魂,
这百万个灵魂头脑天真,

---

① 普利亚和撒丁是意大利的两个大区,前者在亚平宁半岛最东南角,后者是一个岛,也是意大利特别的自治区之一,两大区均属于南方。

眼睛机灵,他们甘愿留在这腐臭泥潭似的城中村。

VII

在这低眉顺目下,
面向白色的南方,
蓝色、红色的亚平宁渐渐消融,

融入加埃塔和斯佩龙加①的海上晕轮……

马西科之后是斯帕拉尼塞②,
在天堂般的林中空地
攀缘植物形成的垂花门之间,

是烛台般的橄榄树,圣尼科拉③
一带的街灯照亮道路……非洲般的
那不勒斯海湾敞胸露腹,那不勒斯

---

① 加埃塔和斯佩龙加是拉齐奥大区拉蒂纳省的两个市镇,两者均为海滨市镇。一般认为,从拉蒂纳省南部地区到西西里等岛屿即为"南方"。
② 马西科和斯帕拉尼塞是坎帕尼亚大区卡塞塔省的两个市镇,坎帕尼亚大区的首府是那不勒斯。
③ 圣尼科拉是普利亚大区莱切省的一个市镇。

是国家腹地的另一个国度……

不必再由雅各布以低眉顺目的方式
(最近是伊拉里娅的沉睡)
将意大利的尘世

熔铸为文明的外形,与它的美丽风光
相反,在理性的光照下
——这并不能掩饰真实的黑暗——

将贫穷的街区同上帝捏在一起的手
不可能更加消瘦干枯。再向南的一切
都像处于文明之前,却有人世间的欢愉。

对待粗俗的欢愉
任何拯救的词过去和现在
都丝毫无益:在十七世纪的色彩

形成的强烈冷漠中
这样的词光彩无比,但不论是在阳光下
还是在阴影中,它们无法掩盖

没有尊严地生存,破布和金色纠缠在一起,
还有渴望爱的
下等民众眼中麻木的笑意。

在这低眉顺目下,
拉丁后代的孩子们在歌唱,唱进穷人们的心里,
这些穷人依然不开化,

依然停留在原始时期,被排除于
基督光照下的密谋事件之外,
被排除出必然的世纪更替:

他们使意大利成为自己拥有的天地,
带着讥讽意味,笑也含着方言语气,
这一天地不是城市或者一个省,而是

一个妖魔附体的山丘,一个街区,原封不动地自我封闭。
如果每个人都自闭于性爱的热情之中,这是
唯一的尺度,那就等于生存于这样的人群之中,

这些人沉湎于最真实的犬儒主义,

以及最真实的情欲；既沉湎于

最强烈的抗拒也沉湎于强烈的奉献；这很神秘，

但也清晰，因为这些人单纯但也被腐蚀……

如果每个人都了解

最精明淫邪的方言中

不可信、蛮横和讥讽的表达方式，

各个精通无比，那就会将低眉顺目

囚禁于无意识之中，一个国家的人民就会迷失，

它的喧嚣只等于一片岑寂。

1951 年

2

人民之歌 ①

1952年的脚步

突然降临意大利：

只有人民对此

有真情实意：人民从未与时间分离，

没有被现代化蒙蔽，尽管人民

一直有现代意识，人民散布于

小乡村和各个街区，人民中的青年

一代代更替——同旧歌相比青年人属于新人——

他们天真单纯地重复过去。

---

① 《人民之歌》注明写于1952—1953年，后于1954年以小册子的方式发表。帕索里尼对意大利民歌一直很感兴趣，大学时即开始对民歌进行研究，1952年同朋友德拉尔科一起翻译出版了《二十世纪方言诗》。《人民之歌》描写了很多矛盾或者说对立的现象，形成"不可思议的经历"，表现了"参与历史的"人民在表达他们的力量。

这一温和之年第一天的阳光暖烘烘,
照着乡间房舍屋顶,照着
尚存残雪的乡村,照着
亚平宁山上的羊群:大城市
玻璃橱窗中,布匹的新色亮丽,
新服装码得像火刑时用的柴堆,
它们述说着今天的世界
日新月异,各式各样的欢乐
流淌漫溢……

啊,我们生活在这里,
虽然一代接一代传续,
却是同一代人的反复更替,现在
在这块卑微的土地上,只在口头上参与历史的
都是些什么人,我们
毫无所知,这实在是不可思议的经历;
可是,人们依然在生活,不超越
当前这代人的记忆,
这代人确实在生活这不容置疑。

生活就是生活,因为

它呈现于我们的理智,

体现为我们的世代承袭——现在到了

成为另外一种生活的时刻,尽管我们竭力保护它

——且慢——是奴颜婢膝地唱着歌保护其承袭,

世代传承就存在于我们的居民区,

对此他并不熟悉,从最寒冷洪荒的

时代就是如此——在人民

当中,他见证了人与人的命运判若云泥。

如果我们将过去回顾,

过去我们拥有特殊荣誉,民众中其他人

在歌唱欢呼:我们就是要将

基督远古时代的激情恢复,但是,

这歌已经落伍,

一直原地踏步,来回重复。

晚上不再让人迷路,而是灯光密布,

郊区不像一个新郊区,年轻人

不像新一代脱胎换骨……

幽暗的菜园里,阳光懒洋洋,

伊夫雷亚①的孩子们在叫嚷,

"阿达贝尔托斯·科米斯·库蒂斯"!

托斯卡纳的一个个谷地,还有

小燕子的呢喃:就在埃利亚修士身旁!

神职人员用神的暴力对待粗俗的心灵,

他们粗暴庸妄,

在上帝创立的封建领地

让孩子们过着凶恶的少年时光:人民在歌唱。

凿子的响声组成一曲合唱,

这些凿子在歌唱,响彻坎皮多利奥山②、

生疏的亚平宁山和阿尔卑斯山间

白雪皑皑的城乡,

从凝灰岩中凿出

一个大写的人,立于新的空间:小徒工在歌唱

---

① 伊夫雷亚是意大利都灵省的一个市镇,处于著名的都灵—米兰—热那亚工业三角地带,十分富庶。孩子们喊叫的"阿达贝尔托斯·科米斯·库蒂斯"如文末原注,只是一首讽刺歌曲中的一句歌词,是一个人的姓名。
② 坎皮多利奥山是罗马市的一座小山,罗马七丘之一,地处市中心,古罗马时即是市中心,很多重要的古罗马遗迹都在这座小山周围,现在的市政府仍然在这座山顶。

"昨天晚上你在何方"……灵魂游荡于
他的哥特人的世界,反复将这句歌词吟唱。奴役的世界
在人民中停步止航。人民在歌唱。

《前进》一歌在新生的布尔乔亚中传唱,
在拿破仑掀起的旋风中,
面对《自由树之歌》①,
一些新国家的旗帜飘扬。
可是,雇工在保护他的雇主,
像饿狗一样,他把雇主的凶狠歌唱,
"年轻人就是流氓",是成群结伙的
凶恶匪帮。对狗一样的民众来说
自由等于沉默不得引吭。人民在歌唱。

歌唱的民众中有一个青年,
在阿涅内河可怜的河岸旁的

---

① 《前进》是一首法国歌曲,《自由树之歌》是 1796—1799 年的法国歌曲。1796 年拿破仑入侵意大利,于 1799 年发动雾月政变,建立临时执政府。1814 年法国的路易十八在外国军队保护下复辟了波旁王朝。1830 年七月革命爆发,路易·菲利浦建立七月王朝。

雷比比亚①,他唱的小调很新鲜。

是的,他夸张委婉,

他歌唱古代,歌唱平民的欢乐开颜。可是,

在无名的茅舍和摩天大厦之间,

在可悲的民众世界的心中种下欢乐种子时,

同近在眼前的奋起一道,

你激起的是什么样的坚定信念?

在你的无意识中是觉悟,

是历史要求于你的觉悟,对于

这样的历史,那个大写的人对之有的只是

记忆中的暴力,而非对自由的回忆……

现在,也许别无选择,

只能是对他的正义的渴望,

付出你追求幸福的力量,

在已经起步的时代之光上,

再加上对这一时代尚无所知的人身上的光芒。

1952—1953 年

---

① 雷比比亚是罗马近郊的一片地区,建有监狱,监狱即以雷比比亚命名。帕索里尼离开故乡初到罗马时曾在这一带居住。

3

毕加索 ①

I

在朱利亚别墅 ② 星期日的金光
闪烁中,这个国家炽热鲜明,
同时又沉静:它清白单纯

同样它又不纯。看起来
民众好像欢乐无比,那只是

---

① 作者在这首诗的最后没有注明写作的时间,这首诗于1953年在《黑店街》杂志发表。该杂志名称源于意大利共产党总部地址在罗马市中心的黑店街。这首诗写的是毕加索的画作,对这位画家提出了批评,不仅指出他的作品太庞杂,"表达方式实在太过分",同时也指出从这些画作中听不到人民"微弱的议论纷纷",画作中"缺席的是人民",这在当时无疑是一种独特的评价。
② 毕加索的画展就在朱利亚别墅博物馆,诗中提到的"石膏做的花朵和扇形大阶梯"都是这座博物馆的建筑构件。

不合宗教教义的烦闷抑郁,

像阳光般撒播于石膏做的花朵
和扇形大阶梯。这不是别的,
只是一种现实,开始起步的意大利因之解体,

这是平庸和正直构成的
世俗现实……有的人置身于这一现实,
身处鲜艳的花坛

和博尔盖塞别墅① 松林下
新鲜幽暗的林地,
有的人则是在西班牙广场②

节日盛况中融于一片微弱的喊喳声里,
这喊喳之声融入四处传来的

---

① 博尔盖塞别墅原属博尔盖塞家族,收藏有大量艺术品,1902年别墅和其中的收藏品一起卖给国家,成为一座著名博物馆。
② 西班牙广场是罗马市内著名广场之一,实际上只是一个依山坡而建的大台阶,罗马人和各地游客常坐在这个台阶上休息、聊天,诗人认为这里是人们交流的场所,"微弱的喊喳声"就是他们的心声。

单调却动人的低声细语:正是在这里

让人们对意大利的感觉更清晰。
这个国家在古老的和平音符中战栗,
在像空气一样的甜蜜的死亡中战栗,

这里最高统治阶级的统治永不变异。

II

在这个大台阶上,一个无名无姓的人,
一个没有记忆的灵魂,多少世纪以来
只做着卑微的梦的躯体,梦想着

跻身资产阶级,在这个星期日的
金色里,鲜艳的服装使他显得神气,
但他的梦实际已落入破灭境地。

他的生活好像突然明亮,
温和的激情高涨,
他的心(在体制内

他的心被僵硬又奴颜婢膝的
尊严埋葬)
好像也在燃烧怒放,却没有证明,

证明他拥有一丁点弄清一切的愿望……

III

第一幅画外表热闹
鲜红,像阿拉伯宝石,
几乎像出于手工,这画用土画成,

内中暗藏着烈火炘炘:一个战前老者
依然精神矍铄,
其中夹杂丑闻和节日气氛。

思维出格,技术纯真,
画作表面上热烈又似烟熏,
格调循环往复不停,

干土块上的花冠白生生。
法国的旗帜高升,
当傍晚像火红的

早晨,失望的情绪弥漫延伸,
对创造构成惩罚,这个世纪的
碎片构成其徽章的图案花纹。

IV

然而,白云中子女们残忍
不安分,周围是雷管
引信,百合花洁白纯真,

凶残野兽的幼崽肉墩墩,
所有这些尽管在委拉斯开兹^①的
观念光照下表现,尽管也有花边,

但描绘这些的表达方式实在太过分。

---

① 委拉斯开兹(1599—1660),西班牙画家,1623年开始为腓力国王四世服务。他的作品反映社会生活时既不颂扬也不谴责,他认为自己是艺术家,而不是政治家和革命家,他的职责只限于再现现实。他所理解的现实主义是,只把自己看到的如实地描绘于画布。

V

画面表达精细纤毫毕现,
像是来自内心最深处,
受到恼人的冷漠的感染,

摇荡着它的甜蜜色调的鳞片,
这鳞片如果坚持再三,
不,如果是僵持,从物质上说,

那是令人陶醉的蓬子菜碎片。然而,
在画笔飞快随意的跳跃间,
几乎是实实在在的光构成大块的画面,

对不和谐大肆突出,这些就是其表现手段:
紧贴角膜和心的是
纯粹、盲目毫无必要的激情泛滥,

盲目的技巧,各种感官和观念不知羞耻的
突出,以及清清楚楚的烦怨。

在正走向没落的法国,

面对这无神论的疯狂,
戈雅①只能放弃他的狂暴甘愿认输。在这里,
表现的就是纯粹的焦虑和纯粹的雀跃欢呼。

---

① 戈雅(1746—1828),西班牙画家,1780年当选皇家美术学院院士,并任宫廷画师。其作品将战争的血腥和野蛮表现得淋漓尽致,激情、自私、谎言、虚荣等都在其作品中被高调刻画出来。他的作品具有强烈的革命精神,对后世画家具有重要影响。

VI

整整齐齐的循行队伍中,
是一群有感觉和行动的人,
而不是怀着宗教信仰的人,风景

和人物构成一群骷髅,
他们的躯体已显出不再是人:
表现他们就是表现他们的恶行。

贵族家的猫头鹰胸口
是浓烈的绿色或者紫色,
给人的感觉仅仅是在燃烧自己本身,

或者在眼里画一个小人,疯狂狡猾,
泄露了真情;还有使胎盘更像肉体的鲜花,
或者一把椅子和彩釉,

其格调像给一组齿轮
涂上蜡一层;海滩上是

死灰色的八月的欢腾,

他在那里还画了一个蒙古女人,
巨人的自由不值分文,
世界因一种无名的力量

将之改造成不理性的自由,
无名的力量具有恶习,具有
裸露的癖性:所有的一切

带来的是沉着清晰的怒气冲冲。

VII

这种力图了解的狂怒蕴含多少兴奋!
这样的表达方式,
这种方式表现了我们的乱纷纷,

有如苍穹中的物质,这表达方式
将我们的含糊感情暴露于
纯净的表层!清澈

使这些感情的内在形式开启,把我们的含糊感情
变为新的客体,真正的客体,不可计数,
却反映了勇气,尽管有些癫狂,

从中反映出的是人的羞耻,
这羞耻使人具有人的特性,
这是最近的人的羞耻,这个人,这个人

聪明又热情,他看着他本人的形象
清清楚楚地从极端的画面中

显现出来，还有他的过错，以及他的

故事。他看到了教会的高压
导致性的阴郁的狂怒，
明明白白的自由理性没有成为

艺术的纯真；从那些
反射着亮光的形象中，他看到了
软弱的资产阶级的没落，

这个阶级依然贪婪，
令人痛惜的近视，
而且奉行犬儒主义哲学……

也能了解邪恶是多么
令人心安而深感高兴；痛心明智地
渴望清澈，明智地理解

我们的历史也包含在我们的不清澈中，
这也是庄重的节日，
也令人无限高兴。

VIII

庞杂,这就是毕加索的错误:
在一面大墙似的大画幅上,
展现的是低级的、

土气的理想,
纯粹流畅的任意挥洒,
表达手法突出的是巨大和肥壮。

他——是他所表现的阶级的敌人,只要停步于这个阶级的时代,
他就是最残忍的敌人——因愤怒和无序的杂乱
以及必然的病虫害他仍然是它的敌人——他离开民众,

投身于一个并不存在的时代:
用他原有的想象力作为手段,
创造了这个虚假的时代。

啊,他这冷酷的平静,

这白猩猩的田园诗,

并不存在于人民的情感之中。在这里,

缺席的是人民:在这些画中,

在这些沙龙中,听不到人民的议论有些微泄露,

而在充满节日气氛的室外街道上,

兴奋是多么昭著,合成一支共同的歌,

响彻天空和千家万户,乡村和山谷,

沿着意大利本土,直到阿尔卑斯山,

掠过割过麦子的黄色

冈阜——这是被遗弃的

欧洲的乡村——那里重复的

仍然是星期日古老气氛中的老式

歌舞……这种缺失

是一大错误。通向永恒之路

不是这种不自然不成熟的

爱的眷顾。停留于

地狱之中,

怀着了解它的顽强愿望,
才能从中寻求拯救之路。
一个趋于迷失的社会必然灭亡,

它正在走向灭亡:一个人绝不如此迷误。

IX

不幸的十年……这十年如此刻骨铭心，
如果没有焦虑，
这焦虑使人再难感到

任何平静陶然，如果没有
见识即将失败的毫无用处的痛苦，
就不可能度过这十年……这是人们

沉默的十年，是依然绿色的世纪的十年，
这是被行动中的愤怒燃烧的世纪，
这行动导致的只能是任何激情之光

在其火焰中化作云烟。
最后的那些房间充满真正的恐怖，
这恐怖表现为幼稚和老朽的

犬儒主义构成的光洁圆环：幽暗
眼花缭乱的欧洲将其内部的景象

投送于这一圆环。如果这里

像镜子一样透明清亮,
那就是说风暴之光已成熟昂扬;布痕瓦尔德集中营①成堆的尸体,
燃烧的城市所映照的郊区街巷,

法西斯兵营阴森的车辆,
海岸边白色的梯田,所有这些,
在这个波希米亚人手中

构成侮辱他人的欢乐飘荡,构成腐尸的
可爱大合唱:这是铁证,
证明我们痛苦年代的耻辱

可以表现为羞怯,
可以将焦虑变为
欢乐颂扬:要想

---

① 布痕瓦尔德集中营是德国纳粹建立的最早和最臭名昭著的集中营之一,也是德国最大的劳动集中营,在德国魏玛市附近。

清澈就必须疯狂。

1953 年

4

集会①

这里十分单纯,在它的平静的
恐怖中——如果已深的夜
面对真正的生活的

最后诗意声响而颤抖——城中的屋檐
同天空的黑暗交相辉映。
苍白的矮墙,光秃秃的

花坛,单薄的檐口,在宇宙中
神秘重重,同时它们的
亲切、欢乐相互交融。但是今晚

---

① 这首诗注明写于1954年,发表于当年9月的《黑店街》杂志,用的题目是《西班牙广场之夜》。"二战"后,一部分人仍然奉行法西斯主义但不敢用"法西斯"之名,取名"社会运动",人们称其"新法西斯党"。诗人对"社会运动"的集会态度十分鲜明。

突如其来的大雨浇向
奇形怪状的连续塌方,将塌方
对温暖亲切但不再神圣的

墙壁的激情冷冻。

不再有脚步声,像门厅那样人来人往,
因为行人已稀少,不再有清澈的细语,
因为十分清静,在卑微的

石头的光辉中,广场和阴暗的角落
一片寂静:没有权势人物的
汽车平时的那种轰鸣,

这些车从"贱民"①似的青年人身旁飞驰,
青年们用他们的口哨醉倒这座古城……
一群阴森的人使空气中充满

---

① 原文 paria,该词来自英语 pariah,意指曾经的印度种姓制度中的贱民阶层,这里故意用这个词来形容那些年轻人。

说不清道不明的噪声,广场上的
舞台插满旗帜,白旗上褐色的光
映出耶稣的面容,

旗上的绿色深而暗,它的红色
像陈旧的血污。麦穗
或者黑乎乎的植物在法西斯的

领章之间苍白无力地扭动。

突如其来的痛苦使我
后退,几乎不想再看一分钟。
但我含着眼泪,

这眼泪使这个鲜活的世界褪色,
在这晚间的广场上,这眼泪推动我
幽灵般来到这些影子们的节日活动中。

我观察,我倾听。广场外的罗马
沉默无声:寂静,

这座城市连同天空一起缄默噤声。

这些叫喊之外再无其他声音;五月发芽的温暖的种子
也掉入寒夜的肃森,沉闷古老的
冰冷寒气袭人,

这寒气袭向宝贵的城墙,使之阴郁沉闷,
像是已深入焦虑不安的
年轻人的内心……这里的

喊叫声越大(发自仇恨之心的叫声),
越是使周围变成荒漠寸草不生,
荒漠中,通常那种懒洋洋的低声埋怨

今晚也无影无踪……

这些人就是活生生的典型,是我们的
一部分人的活典型,这部分人已经死去,
却仍然迷惑我们说他们是新人——这部分人

已永远不存。但突然

这群人结队走来,来到小小的
东方广场,黑压压密集成群,

他们喊叫不停——打着种族主义的手势,
民众认为那是黑色的欢欣,
其间包含着令人悲伤的可怕阴森——他们喊着祝福

却在发疯。这群人的能量不是别的,只不过是虚弱,
是在性方面的挑衅,在燃烧的心中,
别无渠道可以展现他们的激情,

这能量只不过是燃烧的心中
合法或不合法的过激行动:
在这里,喊叫只不过是

资产阶级的无能,无能超越自我,
只能表明其信仰的乱纷纷,
这纷乱在人们心中拼死扩散增生,

这些人不知道自己有什么样的光存于内心。

我站在这群人当中,

寒气来自圣三一山①,来自平乔山

僵硬的植物群,衰败的杂草对着群星,

封闭的地平线

使这座城市死气沉沉——我的心

也封闭憋闷,这使不完美的感情、怜悯、痛苦更让人吃惊。

我将目光转向四周,那好像不再是

我的目光,我是如此与众不同。同我在一起的

不是活人的面孔,

在他们脸上看到的是

已经死去的时代,这时代

出人意料地倒退回来,这时代异常可恨,

胜利的美好时日,民众精神焕发的

---

① 圣三一山是罗马市内的一座小山,山坡上就是圣三一教堂,该教堂的台阶下是西班牙广场。帕索里尼见到的"社会运动"的集会就是在这个广场大台阶和台阶下的小广场举行的。下文提到的平乔山也是罗马市内的一座小山,距离圣三一山不远。

时日,好像已经统统寿终正寝。
在大步向前的人看来,周围这些人

代表过去,他们是幽灵,是死灰复燃的
本能。这些年轻人的面孔
过早地衰老不堪,这些不知掩饰的人

目光扭曲,要表现勇气
却显得卑微无比。于是,记忆
如此苍白如此纤细,

已经不能再把他们记起?在这些吵闹的人中
我沉默前行,或许是他们沉默不语,
周围一片沉静而我心中却是暴风骤雨。

像是这躯体不复存在,
给人以突如其来的焦虑,
寂静中我发现

身旁有一个同志。在拥挤的人群中,

他迟疑不决地想向我靠近,同我一起
观察这群人的表情,这可怜的

躯体向我靠近,周围的人胸前别着徽章,
这徽章也掩饰不了他们卑劣的矫情。接着
他的目光落在我身上。他痛苦地显出

羞愧之情,对此我十分清楚;我的目光
显出深深的兄弟之情!
这是如此亲切,在心中

已使这些举动具有永恒的意蕴!
正是在这痛苦的会心的目光中,
在那个冬季,

我弟弟的冒险[①]第一次得到理解的冬季,

[①] 帕索里尼的弟弟圭多积极参加反对德国纳粹的活动,1944年直接参加了意大利共和党组建的反法西斯游击队。1945年圭多的游击队被另外一支反法西斯游击队包围,圭多随后遇害。帕索里尼在这首诗的最后因与那位同志相互注视的目光而想起了他的弟弟圭多的目光和弟弟的"冒险",即参加反法西斯游击队的经历。

人们以前对他的冒险从不相信,我的弟弟
也是这样向我微笑,

向我靠近。他微笑着,
显得痛苦又饱含激情,在他的目光中,
可以看到一个普通的游击队员,还不到二十岁,

看到他以真正的尊严、永不变异的
愤怒和仇恨,来确定我们的新历程:一丝阴影,
留在那双令人怜惜的眼中,这阴影细微但庄重……

他的目光谦逊但惊人,他用这样的眼光要求爱和同情,
不是为他个人的命运,而是为
我们大家的命运……恰恰是他太正直,

太清纯,难道就因此而必须埋头前行?
在这个阴郁的早晨,难道不应该为这个再生的
世界争取一点点光明?

1954 年

5

卑微的意大利①

I

这里,罗马郊外乡间,

在破败但透着喜气的阿拉伯式房舍

与茅舍陋屋之间,年年都来的燕子

没有前来呢喃,

没有从天空来到人世间,

来参与动物们节日的消遣。

或许是因为人类的节日

已经太频繁:燕子的叫声永不阴郁,

它十分鲜明清新,

---

① 这首诗 1954 年 4 月发表于《比较—文学》杂志,表现"阴暗充满悲伤"的"罗马郊外乡间"和"过分陶醉"的"疯狂"北方的对立、佃农与地主的对立。

至多不过是平静的悲戚。

这里的悲伤阴暗深沉,正像这里的
欢乐轻飘飘无足轻重:存在的只是
暴力、混乱以及
极端行动:它的热情
变成苦涩惨痛。温和、雄浑的激情,
也不会使世界沉浸于
没有不洁的光照之中,也不会
给世界带来亲切文明的小广场,
广场上,不懂事的燕子们
激发出的是烂漫纯真。

在北方的小村庄,那里的
一个男孩怀着自豪和快乐的卑微
成长为一个青年,
作为一个真正的成人,
度过自己的青春,尽管
他清澈的眼光和金色头发下的
头脑仍透露出幼稚纯真:
但这是正派而欢乐的幼年期:

在他的生命深处
世界自然也在成熟。

因此这些燕子仍然可以歌唱
这个世界,高高兴兴地飞向
孩子们嬉戏的广场,
唱着童谣的广场,广场上
雪在消融,山楂树更为
纯净,由于种子的
甜蜜激情,白雪融化后
取代山楂树的是玫瑰和百合花:季节
不再界限分明,目前的生存也同
新的生存不能离分。

来自非洲的风使这阳光下的冬季
透出暖洋洋的气息:鲜花
团团簇簇挤在一起,像是已到夏季。
小小的孩子们已经
将不安分的手伸进
肮脏的口袋里:他们儿时的暴力
将持续到他们那阴郁

但美丽的成年时期。

经历具有讽刺意味而且艰巨：没有

燕子，狗狂吠在夜里。

啊，如果燕子们飞翔，它们可以

高声叫着飞过豪宅

屋脊，豪宅中多少非凡世纪

沉淀下来的艺术品已褪色，

活像陈年旧纸：

它们如果飞向天空，

它们的啁啾也会使四周

振作奋起，形成神秘的舞台剧。

在这台神秘的剧之上，

回忆的天宇也褪色消失。

阴郁的人结伙成群，

这阴郁深如他们的黑色皮肤和眼睛，现代生活

给他们带来的是卑微低下和艰辛。

他们来到罗马，迫使它一片混乱，

无所适从地丧失了风格，好像

汹汹洪水冲毁堤坝

四处漫溢：虚弱的罗马

感受到了这股力量，

他们依然是平民

是全国的焦虑。

II

啊，燕子，你们极为卑微的叫声

就是卑微的意大利发出的声息！在复活节的

圣水池，波河平原诸河河口，

小广场、核桃树、

桑树之间的彩饰的阴郁之光下，

你们的啁啾多么有节日气息，这啁啾之声

比人们的声音更生动有力！你们极力交错飞翔，

蕴含多么新鲜崇高的含义，这众燕翻飞

包含的依然是

古老的呼吁。

正是在飞驰而去的纯净时代，

在令人痛苦的飞驰消失的时代，

你们带着轻轻的怒意

发出你们的呼吁：春天的阴郁天空

十分平静，这天空

接纳你们的呼声，要么是清晨，

要么是令人高兴的中午……美好的时光

树木生根发芽然后落叶,

这美好的时光已经过去,乏味的时刻

降临,将炽热的石头冻结。

正是在纯粹由人主宰的时代,

人可悲地主宰的时代,你们这可爱的动物

徒劳地上下翻飞才令人牢记不忘怀,

正是在这样的时代

——包括最近和遥远的未来——你们

不会再回来,你们的翻飞

覆盖的总是这样的世界:

这个世界没有遗憾,这个世界

有向阳的渠道,味道浓郁的打谷场,

以及美丽的田野,这是几乎不复存在的时代。

无动于衷或者是怀旧,

这就是关注你们的人对你们的

感情——这也是人的感情,转瞬即逝的感情——

在那个中午,在那个悲切的

傍晚,这感情消失在你们蓝色的航迹中……

大自然创造了你们,大自然用心表现你们,

你们为此吃惊。

时间一如既往地延续,

同时也把你们带入

生生不息的阴暗的单调之中。

啊,这不是历史中的一刻,

这不是尚未迷途的生活的时刻,

这不是祖国高雅、不加渲染的场所,

已经觉醒的祖国,

而不仅是只有回忆的祖国。

然而,哪里还能比这古老迷人近在眼前的人身上

更清楚地辨认这些场所?

在感激的眼里,

难道这不是并非在揭示

而是在歌唱的一种生存留下的化石?

还有哪里能比

成为一个国家的地方

更能了解整个大自然?

还有哪里能比明亮之处

更能理解阴影?啊,在威尼斯、

伦巴第①天鹅绒似的美妙黄昏

——过分陶醉,长时间的过分疯狂

几乎令人恐惧——温和善良的燕子们

在大地上飞来飞去,

这一情景透出多少善意。

世界上动物越多的地方越是

神圣:不应背叛诗意,

它才是原始动力,

我们的职责是

全面挖掘它的奥义,

不管对人类有害还是有益。这就是意大利,

这又不是意大利:如果光明是

黑暗种子的果实,意大利

在同时经历

史前时期和现代历史。

---

① 伦巴第是意大利的一个大区,是意大利最富的地区之一,首府是米兰。

III

刚露微光的星星镶嵌
晴空,燕子在栗树间
振翅翻飞。它们的啁啾
划破枯树上以及
别墅可亲的斜顶上的
空气,大路在其柔软的
沥青中显得更黑暗阴郁;
一家人面对地主沉默不语,
但对分佃农①的孩子们,像过去的
时代那样高声喊叫嬉戏!

多少世纪以来他们的呐喊
多么密集,那是低等人的不变的
呐喊,怀着乡下人共有的尊严,
这呐喊响遍北方的城镇政府门前……

---

① 对分佃农是意大利南方地区租种地主土地的农民,佃农须把一年收成的一半作为地租交给地主。"二战"后土地改革时已经取消这种剥削制度。

他们就是傍晚的象征,他们的呐喊
有如钟声;这是愉快的星期六,
他们十分快乐,像来自
菜园、场院、小酒馆的风,
风儿轻轻,几乎像有宗教隐喻,
随后慢慢消失。

远处,他们的椴树林构成
生动的斑点,光秃秃的背景中是
一个个桑树园,黄昏前
年轻人在采摘桑叶,冒着热气的沟渠边
一垄垄高粱如火炬红艳。
近处是接骨木,是泛着白光的
杨树,树下是几个
穿着红衣的小姑娘,
在双钟塔下弯身为兔子割草。

这里是蓝色的平原,后面是它们的
阿尔卑斯山:山脉形成静静的圆环,
环中的冰川遗迹和湖泊
使山的颜色变暗,还有它的杂乱

使这里静谧，几乎使它的宁静
令人恐惧。意大利
在雪原这苍白、高耸的色调中
显得暗淡：与之相对的是，
燕子们上下翻飞的翅膀最真实，
这翅膀使日常的激情焕发生机。

说它最真实是因为它最明确，
最无拘无束：它的脆弱的翅弓
没有带来着魔似的屈从的压力
——奴役和性的
愤怒的印记，
希腊化的南方使这印记衰弱
又增生、肮脏
又壮丽。必须忍受痛苦
以求得到自由，而且是在斗争中
忍受痛苦，这就是历史。

必须认识，
必须行动：信仰应该向善，
却被无耻行为控制，

无耻到甚至连死者也忘记,

面对时代变革

信仰不应让步退避。

但某种东西

比我们渎神的热情更强大,

它在内心深处成熟,

成为自然的美德。

我们被向后拖,拖向就在眼前的

枯燥时代,拖向空虚的时代,

这时代被可悲的人们虚度时光的

节庆活动震聋,拖向人的时代,

拖向尘世寻欢作乐的时代,

拖向有燕子的迷人的时代,

在波河平原阳光明媚的乡村,

在草木清新的山坡旁,燕子翱翔飞行,

燕子们突然转变方向,

你们逃得无影无踪。

1954 年

6

弗留利绘画[①]

我没有穿大衣,空气中飘着茉莉花的香气,
在这样的傍晚散步时我也心旷神怡,
我呼吸着——贪婪、疲惫,直至

像是不再存在于世,我在这空气中战栗——
滋润万物的细雨,以及空气中的静谧,
这宁静弥漫于柏油路、灯柱、

造船厂,还有摩天大楼鳞次栉比,
路上坑洼密集,工厂林立,

[①] 《弗留利绘画》刊载于1955年7月的《工作坊》杂志,原题为《弗留利的田野》,是写给他的朋友、意大利著名画家朱塞佩·齐盖纳的一首诗。1955年,齐盖纳在罗马市平乔画廊举办画展,帕索里尼参观后想起两人的第一次见面,于是怀着激情写下了这首《弗留利绘画》。这首诗不仅写到两人的相遇和友谊以及齐盖纳的画作,同时也写到了诗人对家乡的怀念。

处处是黑暗和贫穷气息……

泥路乌黑光滑肮脏无比,
新盖的茅舍带着破裂的墙皮,立在
通向远方的干热草地……通常

经历更多便因快乐和生活而充实,
经历不取决于清纯:但这无声的风
却来自清纯

构成的明媚地区……隐约的早春气息
弥漫开来,将我内心仅以坦率
进行拯救的

任何防卫化解:古老的愿望、
狂热、迷失的温柔,在这个树叶都不动的世界
我重新看到了所有这一切。

灌溉渠边,接骨木的树叶
在鲜活的圆树枝间呈现,
在血脉般的网格间,在弗留利的房舍间,

在文基^①巧克力厂黄褐色厂房间呈现,

这些厂房排列在遥远的视野间,

与赤裸的山脊对比明显,

或者出现于节日般快乐的

斜坡和河岸亲切的曲线之间……衰老的

杨树叶纹丝不动,

杨树立在静静的人群间,

背景是米底^②似的空旷田原;

了无生气的土地边,是不起眼的

桤木叶子,田野间顽强的小草

鼓励着饱满的小麦波浪般伏翻;

葡萄叶覆盖了葡萄园

---

① 文基曾是意大利东北部戈里齐亚省的一个市镇。1947 年,根据意大利和南斯拉夫之间达成的协议,这个市镇的大部分归南斯拉夫,留下的部分划归意大利科利奥镇。
② 米底是伊朗高原西部的一个古国,约公元前八世纪建国,前 550 年被波斯帝国击败灭亡。

形成的金色花坛的边缘。

你可记得鲁达①的那个傍晚?
你可记得我们一起沉湎于
纯洁的激情游戏,那是衡量

我们的青涩年华、我们还略显幼稚的
心的标尺?那是一场本身就十分激烈的
斗争,而且它的烈火

超越我们蔓延奔袭;那个夜晚
你可还记起?那晚空气新鲜,
这烈火燃烧,燃遍街区,

这里有穿着节日盛装的雇工,
还有附近村庄骑着自行车赶来的
男孩子们一批又一批:不过这是

---

① 鲁达是意大利东北部乌迪内省的一个市镇。

充满日常悲伤和天主教的沉闷的小街区,
这里人头攒动像民间节日般拥挤。
我们,我们不是平民百姓,我们

同农民们挤在一起,同一群
乡下人挤在一起,我们多么相爱,
像爱燃烧于我们心底。这是他们的

乡间之夜,在晚餐的香味中
他们疲惫地从田间归来,
这一切使我们伤感强烈……我们

肩并肩喊着,喊的是什么
几乎无法理解,但一定是
坚定的许诺,非常明确,是爱的宣泄。

然后是歌唱,在幽暗的
小酒馆的桌上,是穷人们的几杯
葡萄酒,参加节日活动的人们

清晰的面孔围着我们,他们坚定的目光

望着我们不坚定的眼神,面对我们的沮丧
他们和谐平静,潮湿的大房间最亮的角落

一面漂亮的旗帜突出鲜明。

现在,远处,与此不同,几乎像
非世间的风吹着龌龊的空气,
生活摆脱了

事物的停滞死亡,我又看到了
鲁达的房子、田野和小广场;
高处,白雪皑皑的阿尔卑斯山,低处,沿着

穿过玉米田和葡萄园的河渠,是一派
海的湿润亮光。啊,一团神秘的乱麻
仍在缠绕:乱麻中现实却

明晰赤裸——某种东西超越现实,
它使那个夜晚永恒。
你的首批画作

充满饱满的节日气象,画面中一片绿色,
绿得几乎让人感到像个孩子,
黄色像温和的表现主义者描绘动力的

僵硬的蜡像,弯身拾穗的
农妇,像年轻人炽热的性的
幽灵在游荡——在那个偏僻地区

人来人往,那里永恒的橙色
太阳让人感到无限悲怆。
夏日的正午无比美妙,正午的

种种味道冲破外壳在燃烧,
这是杂草、粪便的难闻味道,
风又将它们混搅……

你了解那个地区,那个弗留利,
那里只有风儿冲击触碰,那是透着香味的风!
从那里吹来,吹到你的

黝黑的吹笛人,还有亲切的

黑色和紫色凝块，彩虹似的沥青
由这一凝块扩散开来，

直至你的那些基督，
他们被钉在阿奎莱亚①教堂耳堂坍塌后露出的色带中。
你的那些彻夜不眠身穿绿衣的渔民，在巴萨②

热气腾腾的傍晚，
或者沟渠结冰的白茫茫的早晨，
他们从弗留利踏上归程，

盐使他们粗糙的皱纹变得更红，
或者是那些黝黑的年轻雇工，
在晚间的渡船斜甲板上，

手扶把柄，筋疲力尽，
怒气冲冲，这时夜已降临，

---

① 阿奎莱亚是乌迪内省的一个市镇。
② 巴萨是意大利北部帕尔马省的一个市镇，地处波河平原。

降临于灯光中传出歌声的可悲乡村。

风从格拉多或的里雅斯特[①]
或者阿尔卑斯山南的冲积平原刮来,
因晚餐时悲怆的声音心醉神迷,

在十分纯洁的心跳中,或者是
沼泽地微弱的声响中,
几声呐喊让人心惊,或者是

在可耕地、芦苇丛
以及小树林,
潮湿空地的苍凉更显阴森……

这是那个平静但令人惊异的世界的
味道,这个世界天真地迷失于萧森的

---

① 格拉多是戈里齐亚省的一个市镇,面对亚得里亚海的格拉多海湾。的里雅斯特是的里雅斯特省的省会,面对亚得里亚海,是意大利重要港口。这两个城市因面对大海,大风天较多。

夏季，迷失于凄凉的古老

冬季——在这个与众不同的世界
阴风吹过大地。啊，当一个
混乱的时代在记忆中

重新清晰，在现实的时代
这清晰有时会消失，这时呈现的是死亡的气息……
对此我并不吃惊，如果在这些

挫折和让人洞察的时刻，
过去的年代使我
清醒，这清醒并不改变这个世界，

而是在它的生命中沉静陶醉地倾听……

祝你幸福快乐，希望春天的风
充满生活的味道；如果你选择无与伦比的生活，
比你的朋友更成熟更年轻，

对如此充满生气的无尽季节充耳不闻,
对某种东西充耳不闻,
这种东西要你

返回可悲的自然而然的梦境
——回到美妙的意识,
这意识揭示的是颤抖的非人性的

世界——那么你相信的无疑
是以人来衡量的历史构成的世界:
它由这样的色彩构成,弗留利的生存在其间闪光,

弗留利展现了所有人的
希望和苦痛,
尽管人们只有粗略的口述经历,

尽管他们的心像手一样粗硬,尽管他们
被迫只讲极为生动的方言,但他们
日夜在他们的

葡萄园劳作,在他们的小块土地上耕耘,

在光鲜的礼拜日，参与庆祝活动的
却几乎不是他们，

因为他们心中充满像老钟一样的黑暗阴沉。

这是想要改变世界的
力量——这个世界跌进
忧郁悲伤中，沉迷于复活节的欢乐，

这个世界鲜活生动尽管沉默无声！
这种力量看到了这个世界的晨昏，
这晨昏封闭于乡间的光照中，

这晨昏几乎是未来时代的晨昏，
激励它们的是信仰而非感情！
这强烈地要被表现的愿望是

健康向上的欢乐激情，
清新突出有如炽热的烈火熊熊，
所有卑微事物也被激励显出恢宏。

切尔维尼亚诺①的那些老旧自行车
在其间闪亮,停靠在节日活动开设的停车场,
沿着阳光烤晒的可怜矮城墙,

或者深蓝色小渠中的渡船
被虫蛀过的缆绳旁;
其间也闪现出

人造丝公司②快乐的小工们
破旧的灰裤子和粗布工装,
他们列队走在沥青路上……

阳光下尘土飞扬,谷糠飘荡,
一片橘黄堆积在房屋拐角旁,
酷热中房屋耸立,

周围是孱弱的柳树,尘土飞扬

---

① 切尔维尼亚诺是乌迪内省的一个市镇。
② 人造丝公司原是意大利一家著名化工公司,生产纤维和人造丝,1917年在都灵创建,曾十分辉煌。

有如周日的舞场,
房屋要么在塔利亚门托河旁①,

要么在改良农田龟裂的谷地中央,
要么在纤弱的树木下浑浊的
小泉旁:打谷机震动着马厩和破败草房。

狗在狂吠,
阳光下人的汗味
搅和着铜器闪光间

那群挤在一起的马匹的臭味……
鲁达的这位可爱的人,在简陋的
箱子搭建的红色台子上呐喊,这可爱的人

在你的生活中依然纯真。有人
担心不够纯真,春风中
呼吸着死亡味道的

---

① 塔利亚门托河是意大利东北部地区的一条重要河流,发源于阿尔卑斯山,穿越乌迪内省注入业得里亚海。

飘动，他对你的自信感到嫉妒，
你把这自信扩展到现世欢乐
和未来宁静的节日般的色彩中。

          1955 年

7

葛兰西的灰烬[①]

I

这肮脏的空气不像五月天
使幽暗的外国人公墓更显阴暗，
有时，炫目的阳光一现

[①] 《葛兰西的灰烬》所署日期为1954年，刊载于双月刊《新主题》（1955年11月—1956年2月的第17—18期）。安东尼奥·葛兰西（1891—1937），是意大利共产党的创建者和领导人之一。1913年加入意大利社会党。1919年创办《新秩序》周刊，领导工人运动。1921年领导建立意大利共产党，次年当选共产国际执委会委员。1926年被捕入狱。葛兰西把监狱作为特殊战场，就革命的重大理论和实际问题、党的文化政策以及文化艺术等进行思考、写作，写下三十二篇《狱中札记》和大量书信，成为意大利现代思想史上的重要著作，为丰富马克思主义理论宝库作出了贡献。1937年葛兰西逝世，被埋葬于罗马用于埋葬非天主教信徒和外国人的公墓，其简单的青石墓碑上仅铭刻着工整的黑色字体"葛兰西之墓"和生卒年月。

使人眼花缭乱……浅黄色顶楼上

黏腻的天空

形成巨大的半圆形苍穹,

像面纱罩着蜿蜒曲折的台伯河,

以及拉齐奥湛蓝的座座山峰……在这秋天般的五月,

破旧的围墙里一片死的寂静,这寂静

冷漠无情有如我们的命运。

五月里世界灰暗迷蒙,

在这个十年结束之际,

人们天真地在废墟中

改变生活的顽强拼搏以失败告终;

只剩下寂静,这寂静显得破败,徒劳无功……

你这年轻人啊,在那个谬误就是生活的

五月,在那个意大利的五月

生活至少还加入了一点激情。

你远没有我们的父辈

那样——不,不是父辈,是卑微的弟兄——

冒失而虚假的健壮,

你用消瘦的手描绘出了理想,

这理想照亮(但不是为我们:你,死了,我们

也在这潮湿的陵园同你一起

死去)这里的死寂冷清。你可知道,

除了在这格格不入的地点,在这仍然被放逐的地点

安息之外,你一无所能?你的周围

充斥着贵族式的傲慢无聊。传来的只有

泰斯塔乔①作坊中几声锤子敲击铁砧之声,

这声音慢慢消退,

在傍晚归于无声:穷酸的作坊盖着破败的顶棚,

---

① 泰斯塔乔是罗马市内的一片地区,是较为贫穷的居民集聚的地区。

成堆的罐头盒和废铁裸露可憎,工棚外

细雨已停,

工棚内一个学徒哼着淫调,结束了他一天的营生。

II

阴阳两界间,是虚空,我们不在这虚空中。
选择,献身……这凄凉高贵的陵园中
除此之外再无其他响声,

在这陵园中,顽固欺诈仍然
安抚着死亡前的余生。
在众多石棺环绕中,

这低矮灰色石碑上
庄严简短的世俗碑铭
宣示的仅仅是俗人苟且偷生的

命运。最强大的国家
亿万富翁们的骨骼仍在恣意燃烧,
不见羞愧毫分;亲王们、

鸡奸者等的嘲讽
仍在喧嚣闹哄哄,毫不消停,

他们的躯体已散乱埋进坟茔,

虽已烧成灰烬但仍难说纯净。
这里是死亡的寂静,
这是人在世时就不亏这一名称者的

高雅沉默的证明,是凄凉陵园凄凉的明证,
这陵园得体的悄然无声:这座城市冷漠地
将他放逐,放逐到

贫民窟和教堂环绕之中,这座城市表面虔敬其实渎神,
它的荣光因而丧失殆尽。它的适合荨麻和豆子
生长的肥沃土地

却长出这些柏树弱不禁风,稀疏黄杨树
四周的墙壁因潮湿而
黑斑密密层层,宁静的傍晚

消隐于苔藓质朴无华的
气味中……苔藓瘦弱无力,
没有一点香气,紫罗兰在这样的气氛中摇曳,

薄荷或者腐烂的干草跟着
战栗，寂静和白天的阴郁
预示着夜间阴森森的

忧虑。这里气氛恶劣，但其历史氛围
却极为甜蜜，正是这围墙之内的土地
浸润了别处的

土地；正是这里的湿气
令人想到别处的湿气；虔诚的祈祷声
——熟悉的纵与横的地平线上，

英国式的树林装饰着
水天一色的湖泊，周围是
绿得像台球桌或者祖母绿的

草地："啊，你这源泉……"
回荡游弋……

III

一小块红布,像游击队员

脖子上围的红巾 ①

放在墓旁,放在蜡白的地上,

两株天竺葵呈现出别样的红。

啊,你这被放逐的人

长眠在这里,同异国的死者们在一起,

显出非天主徒的超凡脱俗:这就是葛兰西的灰烬……我无意间

走近你,怀着希望和经久的疑虑,走近

这荒凉凄楚的囚禁地,站在

你墓前,面对你的灵魂,在此处地下,

---

① 红巾是"二战"期间意大利共产党领导的反法西斯游击队员们佩戴的围巾。后来,意大利共产党组织集会、游行和各种庆祝活动时,参加者都喜欢戴这种红围巾。

你的灵魂仍与这些自由的人在一起。
（或许是另一种东西，也许更令人欣喜

更加猥劣，是青年人令人陶醉的情欲
同死亡共生一体……）
在这片国土上，你的激情

没有止息，我感到你是何等错误
——在这坟墓的平静中——同时
又感到你是何等正义

——在我们不平静的命运中，在你被虐杀的
时日里，你写下了那些最辉煌的诗篇巨制。
这里可以证明

古老统治的种子尚未根绝，
这些死者迷恋于占有与控制，
这占有与控制将其憎恨和傲慢扎根于

多少世纪：与此同时，压抑刺耳的敲击铁砧之声
令人着迷——这声音来自

被人遗忘的街区,也证明了

它将消亡绝迹。
我也在这里……我这个可怜的人,
却穿着粗糙但也光鲜的服装,

穷人们对橱窗中的这种衣服投出羡慕的眼光,这身衣服
减缓了这些偏僻街道电车木椅的肮脏。
我在这偏僻之地的电车木椅上,目光呆痴

消磨我的时光:在我如接受惩罚般维持生计的挣扎中,
这样的闲暇越来越少只剩奔忙;如果我竟爱上
这个世界,

那只不过是因为
性爱的纯真
和激昂,正如我在迷茫的青年时代

也曾憎恨这个世界一样,它的布尔乔亚之恶
也使我这个布尔乔亚受伤:现在这个世界
已经——同你——决裂分张,世界上的

那些权势人物不正是

令人既鄙视又痛恨的豪强?

尽管没有你的严酷环境,我活着

因为我别无他法可想。我不情愿地

生活在没落的战后时代:我爱这个世界

对它我也憎恨——它不值一提,它

正可怜地走向死亡的绝境——爱它是由于

内心隐隐的激愤……

IV

我的怪行自相矛盾，我拥护你
同时又反对你；在心里，在阳光下，
我拥护你，在幽暗的腹中，我反对你；

我的本性原本就叛逆
——在思想上，在行动的阴影下——
我知道我以炽热的本能

以及美的激情，同这种本性结为一体；
我被你之前的
无产阶级的生活吸引，我认为

它的欢乐，而不是它的千百年的斗争
才是信仰：这是它的本质而不是
它的觉悟；这是人的原初的

力量，这力量在行动中已丧失殆尽，
这力量才能使它享受乡愁的撩拨振奋，

这力量才能给它以诗意的光明：那是

抽象的爱，而非刺骨的同情，
我无法用别的词将它形容，
它并不正确，而且不真诚……

我这个穷人，也像穷人们一样，
怀着卑微的希望，
也像穷人们一样为了生存

日复一日奋斗不停。我没有继承权，
我处境艰辛，
但我并非双手空空：拥有比布尔乔亚的财富

更值得赞颂的财富，这是终极的
生存。正如我驾驭历史一样，
历史也控制着我，我被它照亮：

但这光有什么用？

V

我说的不是个人，个人代表的是
肉欲和情感的激情……
个人还有其他恶习，那不过是

他的过错的名称和宿命……
个人身上还糅杂了人所共有的
先天恶习，他是客观存在的

恶习的化身！人都有内心的
和外部的活动，这些活动使他
构成生活中的血肉之身，他不能摆脱

社会生活中的任何宗教，
宗教是死亡的保证，创立它们就是为了
作弄光明，就是给欺骗涂抹光明。

他的遗骨注定要埋在

维拉诺公墓①,他不顾牺牲地斗争

像天主教信徒一样虔诚:像耶稣会士们一样

真诚地疯狂献身;

甚至比这些更深:他的内心充满

圣经式的精明……以及自由的

讥讽激情……粗疏的光,周围是

乡下纨绔子弟的厌烦,乡巴佬打招呼时的

烦闷……在内心深处,

权威和无政府主义的最卑微的细枝末节

也泯灭消融……他远离

不纯洁的道义和令人陶醉的罪恶,

捍卫着令人着魔的纯真,

这需要什么样的良心!他的生活鼓励着我:我活着,

---

① 维拉诺公墓即罗马市内的外国人公墓,因埋葬着许多英国人如英国著名诗人雪莱和济慈等,又被叫作"英国人公墓",意大利人则称其为"非天主教徒公墓"。葛兰西被葬在这里,因此帕索里尼在这首诗中称之为"格格不入的地点""仍然被放逐的地点"和"荒凉凄楚的囚禁地"。

我逃避生活的同时又活着,内心感受的是

这遗忘的生活,
这遗忘强烈刺心……啊,我十分清楚,
在风的不怀好意的絮语中

这里多么寂静,罗马的这一地段静默无声,
在心灰意冷疲惫不堪的柏树间,
在你旁边,雕刻的语句的精髓

是在将雪莱呼唤……我十分清楚,
是情感的漩涡,命运的云诡波谲
(他是贵族心目中的希腊人、

北欧的度假者),将他抛进
第勒尼安海盲目的碧波;享受了冒险的、
肉体的、美丽的、童心似的

欢乐;而匍匐在地的意大利
像被吞进一只大蝉的腹部,
爆裂成白色的海滨栉比,

散布于拉齐奥各地,这个地区

处处是松林,奇形怪状,到处是长满

淡黄芝麻菜的林中空地,空地上

来自乔恰里亚①的一个年轻人衣衫褴褛,

像歌德一样进入梦乡,阴茎将破裤子顶起……

在玛雷玛地区②,燕尾草丛生的草地

沟垄深黑美丽,亮色的榛树

夹杂其间,羊肠小道上

骑马的牧人对其青春年华一无所知。

维西利亚面向大海,

干巴巴的弯路无端地芳香,

复活节一样充满人情味的乡间的明亮泥墙

---

① 乔恰里亚是罗马所在的拉齐奥大区东南部的一大片地区,并没有具体的界线,主要为山区,经济落后,属于较贫穷的南方。
② 玛雷玛地区是意大利中部西海岸的一大片地区,面向第勒尼安海,包括托斯卡纳大区的西部和拉齐奥大区的西北部,也没有具体的界线,主要为丘陵地。

和浮雕层层叠叠杂乱无章,

阴郁地面对着琴夸莱①,

这片土地匍匐在光秃炎热的阿普亚内②山下,

玫瑰色中夹着蓝色的亮光……在湿漉漉陡立的

利古里亚海岸,礁石、塌方相互交织,

像是因这里的芳香而恐惧,

太阳在此与微风搏斗,

让油亮的大海

无限温煦甜蜜……由于性和光的刺激,

这硕大无朋的乐器在四周奏出

欢快的乐曲:意大利并不随之起舞,

它对此早已习以为常,

就像它在生命征程中

---

① 琴夸莱是蒙蒂尼奥索镇的一个小村,这个镇在托斯卡纳大区的马萨省,小村面临利古里亚海,现在是有名的度假胜地。
② 阿普亚内是托斯卡纳大区北部的一片山区。

早已死亡:在数百个港口城市间,
面孔黝黑满脸是汗的年轻人

热情地将这位同志的名字呼唤,
这呼喊声在海滨的人群中回旋,
响彻种着刺蓟的菜园,

以及肮脏的小小海滩……

朴素地躺在这里的死者,难道你要我,
放弃在世上生存
这一绝望的激情?

VI

我走了,将你留在这个夜晚,
虽然这个夜晚气氛悲凉,可它如此甜蜜地
降临于我们这些生者身上,蜡白的光

凝聚在半明不暗的街区之上。
这白光翻搅着街区,氤氲扩张,
迷蒙空虚,在更远的地方,重新点燃

令人焦躁不安的生活之光,生活中
电车驶过发出隆隆的声响,人们的吵嚷,
方言土语的对话,形成隐约可闻

而无与伦比的乐章。你可以听到,
听到远处那些人,他们在生存,
他们在喊叫,他们在欢笑,在他们的车中,

在那些寒碜的破屋中,
在那里,他们消磨着生活的不可靠却又豪爽的馈赠——

这种生活只不过是一阵战栗;

这是肉体的、集体的生存;
你可以感觉到任何真正的宗教的
缺失;这不是生活,而是苟且偷生

——也许这是很快乐的生活,像
一群动物,在那种神秘的亢奋中
只有每天的劳作艰辛,

再也没有其他激情:
卑微的激情使微不足道的堕落
也具有节日的气氛。任何理想越是空泛

——在这种历史的真空中,
在这嘈杂的间歇中生活沉默无声——
几乎是亚历山大式的

美妙但单调的淫猥
就越是鲜明,这淫猥多么殷红,
它肮脏地点燃激情。这个世界上

某种东西正在崩溃,这个世界仍在
慢慢爬行,在昏暗中,这激情重新渗入
空空如也的广场,渗入令人沮丧的作坊中……

路灯已点亮,星星点点,照耀着
扎巴利亚路、富兰克林路,以及
整个泰斯塔乔地区,河对岸的绿山①兀立苍穹,

在脏乱不堪的山坡
和台伯河街区以及河对岸的黑暗中,
泰斯塔乔地区显得无比贫穷。

光的晕轮模糊不清,
悲伤更显突出,寒冷更肃森,
几乎像海洋一样深……晚餐时刻临近;

区内为数不多的公交车灯光闪烁,
车窗口显出一个个工人的脸,
一伙伙士兵不紧不慢

---

① 绿山是罗马市内的一座小山。

走向绿山,山间坑坑洼洼,
黑暗中堆满干的湿的
垃圾,洞穴前响起木屐声,

妓女们在催情的垃圾堆前
含着怒气走来走去等待嫖客;不远处,
山坡边上,或者在高楼大厦的缝隙中

是违章建起的窝棚,这俨然是两个世界,
带有春天气息不再寒冷的微风中,顽童们在窝棚间嬉戏,
身影如破布碎屑般轻盈;活跃的年轻人

青涩率真,在欢乐的傍晚
阴郁地在便道上吹着口哨
欢度他们的罗马的

五月黄昏;车库的卷帘门
快速降下,发出刺耳但欢快的响声,
因为黑暗已使夜晚安然宁静。

泰斯塔乔广场的悬铃树间

风已变成风暴后的喘息,

这风多么美好甜蜜,尽管依然卷起

屠宰场的碎毛和灰粒,屠宰场里

污血横流,到处污物翻飞,

一派贫穷气息。

生活一片嘈杂,被抛入生活中的人们

如果依然想着生活,也心甘情愿地对之听命服从:

这些可怜的人

就这样在黄昏时刻自得其乐:他们慵懒无能,

但在他们当中,

梦想正强而有力地再生……而我,我知道,

我只是活在历史中的人,

如果我知道我们的历史已经终结,

我是否还能再怀着这样纯洁的激情去行动?

1954 年

8

故事①

阳光下,老绿山多么光鲜!
我用受伤的手遮住阳光,

以欣赏山坡上的大街小巷,
这里的新一代仍过着往日的时光。

我来到广场,这里热闹熙熙攘攘,
人来人往的街区既冷又有阳光,

这寒意和阳光因极度的无声烦恼显得白晃晃。
这是个富人区,居民快乐无忧,

---

① 《故事》一诗于 1956 年 9 月在《黑店街》杂志发表,写这首诗的由头是阿蒂利奥·贝尔托鲁奇告诉诗人,有人指责他的小说《求生男孩》"太淫秽",诗人用这首诗对此进行了反击。

这快乐上至阁楼下至地下室,
快活之声含混但强烈,歌声欢快但粗犷,

这歌声来自小工、女佣和工人,
他们散布于白色脚手架上,白花花的垃圾堆上。

如此生活,怎能不感到
心灵与生活既不同又同一,有如既寒冷又有阳光?

怎能不感到,即使一些人被侮辱一无所有,
这对于这个世界来说也是真正的恩泽?

一位朋友在空旷的广场阳光下等我,
他是多么迟疑不决……啊,我的步伐

无端加急,我轻松地奔跑毫无目的。
晨光像傍晚的亮光:

我立即警觉起来。他的褐色眼睛
十分生动,显出虚假的欢欣……

他不安又温和地将这一消息告诉我。
阿蒂利奥,这消息伤害我之前先经过你,

这太合乎人性,但太不公平,
疼痛的第一波冲击

使白昼成为夜晚,仅仅因为你十分痛心。
但在艳阳下任何改变都没有发生。

而且,正午的安宁和灿烂的阳光,
好像使周围的一切变成了永恒。

我又孤身一人:我目送汽车
同他一起消失,消失于空气中,

这空气的任何虚饰都已消逝,只剩空气,
人们在这空气中生活,苦涩又无知。

每天都是如此,默无声息地消磨时光,
不管是烦恼还是甜蜜,不管是高兴还是怀着敌意。

对于沿着另外的海滨前行的人，
任何欢快的喊叫现在都了无相涉。

阳光卜细看，一团红色在闪烁，
旁边是偏僻小路边一团毛衣或者破布，

那是受伤的胸部渗出的鲜血，
来自一个被驱逐、被追赶的无名动物……

这可是创世以来最近的一天，
阳光甜蜜地为寒冷的街区镀上金色，

这一天的晨阳从曾让世界披着阳光的
最古老的一天的深处复苏。

卖菜商贩的小车像托着太阳，
沉重地在泥泞的路上艰难挪移；

一个徒工擦肩而过，暧昧的口哨

从他的脚蹬上飞出,唱着《一心一意》①……

整个绿山被锤子的声音震动,
这锤声从阳光下的作坊传到阳光照射的土坑。

但这只是卑微的人的激情:
这只是一座繁忙的城市的宁静,

这城市像过去一样躲在它的纯洁的光照中,
它甘心听命于失败,听任黑暗横行。

南方人的口音,老人们的欢笑,
构成历史听不到的嘈杂喧闹之声:

那里破布的摆动更为生动,目光
比阳光下大自然的激情更加死硬。

前面就是我的家,在清晨

---

① 《一心一意》是二十世纪五十年代在那不勒斯一带流行的一首歌曲,原文为那不勒斯方言"anema e core"。

马泰亚纳大街海味浓浓的光照中:

我的巢穴毫无防护,没有希望,
那里正烤着我剩下的最后一条鲫鱼。

我走进去关上门,一言不发死气沉沉,
像一个被绞死者只剩下他的躯体和姓名。

最后的阳光像闪光的油一样透进,
我的房间多么甜蜜安宁!

啊,我知道,无知的母狗们用它们的狂吠
无知地唤醒了被遗忘的上帝:

我知道自己是什么样的人,我想起了我的过去,
我就是他那突然一现的目光中看到的我自己。

然而,就是最纯洁的人
心受伤时流出的血液也会发黑凝固,

最温和的人看到那吃惊的目光后也会痛苦。

越是柔弱的时刻心越会变得坚硬。

他体会到不再继续激动的人的
冰冷、冷漠、沉默和沮丧的

厌恶情绪,他以这些来掩盖
他那真实情感令人不解的威力。

他这个无辜的受害者,低头不语,
或者颤抖着据理力争,好激起有罪的人们的愤怒戾气,

——坚定的蔑视和无畏的冷笑,
在苍老但孩子气的脸上混合——

他显得粗犷却又雄辩,他显得运气不佳却又优雅无比。
如果这就是自豪,他恰恰因自豪而被惩处。

没有经验而依旧单纯,
自然会在拼命挣扎和前途不明的经历中付出代价。

啊,复活节之晨的阳光,

涌进我可怜的房间,灼痛我的心,

从天而降的温暖气氛中,
你让这纯粹是母狗的

叫声在房间里轻飘游荡,
这些笨拙而令人窒息的母狗带来轻蔑、绝望和死亡……

为什么强迫我去仇恨?
就因我感激这个世界,因我有缺陷,

我与众不同——所以才被人恨——
我就应该只知道爱、忠诚和痛心?

有些人二十年来激情一直压制于胸,
因为这激情与现在的世界大相径庭,

他们因这激情与国家的任何
可悲可喜的行动无涉而令人恨,

与任何悲痛或节日活动无涉而令人恨,这节日越无名越

被排斥就越纯真,

  这些人不是依然活跃依然生存?

在一无所用的怨恨炙烤下,
如此情感丰富的人们不是活了二十春?

那里,温馨的阳光,
照着坑洼和脚手架,油污闪光的

光秃郊区活像地狱,
一排排屋顶后是杂乱小村构成的屏幕,

这个小村在彼莫利奥①的吊车前喘着粗气,
这个炼油厂的橘红色火焰耀眼无比;

费罗—贝通公司②像贪婪的防御工事将小村吞噬,
这工事周围是破败的陋室,

---

① "彼莫利奥"指罗马的普尔菲纳炼油厂,在小说《求生男孩》中称为"彼莫利奥炼油厂",这里仍用小说中的名称。
② 费罗—贝通公司是1908年创建的一家建筑公司,米兰地铁一号线就是主要由这家公司建造的。

一些破烂的果园以及一排排工地
早晨就显出老朽无比。

小徒工、工人、女佣和失业者
几乎可以说显得高兴,

确实如此,可是
他们的命运

就是这炽热的柏油路,
背后是工棚和草地,

他们在创世以来最近的日子熙来攘往,
一些冰冷的街区披上金光,

早晨的太阳再次升起,
从那曾照亮这个世界的久远时日深处重新燃亮……

然而,一切我都一清二楚!在这样的阳光下,
在节日气氛的街区,如果这狂吠如此狂躁焦急,

这是发出死亡的威胁,这是盲目着魔,
对着背叛它们的人狂吠,因为他与它们迥然相异。

在极为温馨的气氛中,在人类的清白无辜中,
它们只不过是我的觉悟的猎获物。

1956 年

9

挖掘机的哭泣[①]

I

只有爱、只有认知

有价值,没有爱过,

就没有认知。缺失爱的

生活让人

痛苦,心灵不再成熟。

下面河流拐弯处,

[①] 《挖掘机的哭泣》写于1956年,次年在《当代人》杂志发表。诗人因其小说《求生男孩》被指责过于淫秽而离开弗留利,来到罗马求生,住在罗马郊区一个叫雷比比亚的地方,当时这一带很偏僻,现在这里已经是城区。这首诗回顾了他自己称为"被流放的时期"的那段生活和见到挖掘机工作时的情景和感受。

夜间的温暖沁人肺腑，
城市温和的景色，
灯光散乱迷人眼目，

再次映照出生活万重不一而足。
冷漠、神秘和情感的贫瘠，
使我与世界的种种形态

格格不入，直至昨天
这种种形态曾是我生存的依据。
我回到家里，苦闷、疲累，

因为小商贩充斥的小广场污黑，
河港周围的道路令人忧郁，
工棚和仓库林立直至最后的草地。那里

是死一样的静寂；然而，
再下面的马可尼大街，

以及跨台伯河火车站①,傍晚

仍显温和甜蜜。骑着小摩托的人
返回他们的街区,
返回他们的城中小村——他们

穿着工作服或工装裤,
但被节日的热情推动——
后座上带着脏兮兮满脸笑意的年轻同伙。夜间

顾客已稀少但依然亮着灯的小店,
最后几个顾客稀稀拉拉站在小桌边,
仍然在高声闲谈。

美丽而又贫穷的城市,
是你让我懂得,
人们从小学会欢乐和凶狠,

---

① 马可尼大街是罗马的一条大街,以意大利著名科学家、无线电技术奠基人马可尼命名。"跨台伯河火车站"并非指一座车站跨越台伯河,而是因为,一条大街跨越台伯河由市中心通往河右岸近郊,这一片地区即称为"跨台伯河地区",这里的火车站也以此为名。

和平生活中的伟大可以从小事体认，
就像在熙熙攘攘的街上，
坚定冷静地走着，

突然转向另外一个人，
毫无怯意地盯着
一个送货人用干瘪的手懒洋洋地

数着的钱，他满脸大汗，
在这永远是一个颜色的夏天，
在一座座高楼前奔波不断；

这座城市教会我如何自我保护，如何进攻，
教会我如何面对世界而非仅仅自闭于内心，
使我懂得很少有人

懂我的激情，
我只是有了这样的激情才能生存：
他们不是我的弟兄，

但他们也是我的手足，

这恰是因为他们有人的激情,
激情使他们快乐地、无意识地、全身心地生活,

拥有我不懂的经历。这座美丽而又贫穷的城市,
你让我经历了令人不解的生活,直至
使我发现了每个人心目中的天地。

静谧中毫无生气的月亮,
它以寂静为生,在强烈的
感情中这月亮显得苍白,可怜兮兮地

照着静默无声的大地,
地上美丽的街道、古老的街巷
没有亮光,天上有些暖意的乌云

反射到大地四方。
这是最美丽的夏夜时光。
跨台伯河大街上,旧马厩

干草的味道四处飘扬,
空荡荡的小餐馆的味道也飘出店堂,但这里仍未进入梦乡,

黑暗的角落,平静的墙壁下,

仍发出异样的声响。
男人和小伙子们踏上回家的行程
——在仅剩的点点彩灯光下——

他们走进自家所在的胡同,那里
漆黑和垃圾使他们难行,只能步履轻轻。
过去在我真的爱时,

在我真的想理解时,
心灵被他们的这一切控制。
像那时一样,他们唱着歌转瞬即逝。

II

我像斗兽场[①]的一只可怜的流浪猫,
生活在一个满是石灰和粉尘的小村,
远离城市也远离乡镇。

每天被迫挤上嘎吱作响的
公共汽车:
每次往返都是淋漓大汗,

都是焦急不安的大磨难。
在炽热的烟雾中长时间奔忙,
在桌上大堆文件前度过漫长的

黄昏,周围是泥泞的街道,
矮墙,湿漉漉的泥灰小房,
房门没有门框,只挂着一个门帘遮挡……

---

① 古罗马最大的角斗场。罗马建筑文化古迹,因游客众多,野猫食物无虞,罗马人又十分爱惜动物,尤其是猫狗,所以斗兽场等旅游景点野猫成群。

卖油的、卖旧货的走过,
他们来自另外某个小村,
卖的货物沾满灰尘肮脏破烂,

像是偷来的破衣烂衫,脸是那种
恶习不断未老先衰的年轻人
凶狠的脸,他的母亲凶狠却忍受着饥寒。

自由的新世界使我
面貌一新——一种激情,一种气息,
我不知如何形容,

而现实可怜,肮脏,混乱,庞杂,
这种气息充满南方式的郊区,
给人以平静和爱的惬意。

我内心的灵魂,它不只是我的,
漫无边际的世界中的这个小小的灵魂,
正在成长,哺育它的是

曾经爱它的人的欢愉,尽管没有得到回报。

由于这种爱,一切充满光明。

也许这爱是来自一个孩子,但他英勇,

他因产生于历史脚下的经历

已大大成熟。

我在世界的中心,在这些可悲的贝都因人乡间小村

构成的世界的中心,这些小村不文明,

处处是黄色的草地,

因为这里的风永不消停,

这风来自福米奇诺①温暖的海上,

或者来自市郊小村。城市

在小村陋室边止步;在那个世界,

主宰一切的只能是它,

是这个幽灵般的土黄色方形建筑,

---

① 福米奇诺是罗马郊区的一个海滨小镇,台伯河的入海口就在小镇附近。罗马国际机场建在这一小镇,所以叫福米奇诺机场,其实其正式名称应为达·芬奇国际机场,机场入口有达·芬奇的全身雕像。

它浸沉于灰黄的雾霾之中,

紧闭着上千个一模一样的窗户,
在古老的田野和静悄悄的农舍之间,
这个监狱[①]更显高耸突兀。

废纸和灰尘,
被风盲目地吹得四处飞舞。
可怜的声音没有引起任何回响,

这声音来自一些妇女,
她们来自萨比尼山、亚得里亚地区[②],
来到这里安顿下来,

现在已经孩子成群,
孩子们瘦弱却心地冷酷,衣衫褴褛,
穿着土灰色的破皮鞋到处尖声喊叫,

---

① 指雷比比亚监狱,帕索里尼到罗马后住在这一带,因当时属于远郊,生活成本较低。
② 萨比尼山是罗马市北部的山脉,古代的萨比尼人居住在这一山区,后被罗马人击败。亚得里亚地区指亚得里亚海滨地区。

他们与非洲人无异。瓢泼大雨
使道路上泥河横溢,
终点站的公共汽车,

停在角落的水坑里,
旁边是最后的一小片浅得发白的野草,
还有冒着热气发出酸臭的一堆堆垃圾……

它曾是世界的中心,正如我
对它的爱曾是历史的中心:
在这种成熟——即使这成熟刚刚产生

但依然也是一种爱——中,
所有的一切都是
为了变得一清二楚——过去

曾是一清二楚!赤裸于风中的
小村,不是罗马的,
也非南方的,也不属于工人,

它只反映其最现实的光照下的生活:

生活,生活之光,充满纷乱,
但这混乱仍非无产阶级的乱纷纷,

就像党支部粗制滥造的
小报所希望的那样,这是印刷机
最后的转动:这是日常生存的

核心,纯粹的日常生存,
因为这生存就在眼前,
这是绝对的日常生存,因为

极可悲的世间味道明显可闻。

III

现在我又回来,怀着那些年的经历,

那些年是如此新颖,我不会认为

对一个远离它们的灵魂来说,它们已经

陈旧无比,有如任何过去。

我来到贾尼科洛山①的街道,停在

一个宽敞的岔路口,这是一个有树的小广场,

前面是一小段砖墙——这已是面向

大海波浪般平原的城市的

边缘。一粒种子

在我心里——我的灵魂顽钝阴郁,

如沉浸于芳香中的黑夜——

---

① 贾尼科洛山是罗马市内的一座小山丘,在台伯河右岸,隔河与市中心相望,是居高临下地欣赏罗马市区风光的最佳地点之一。山上有加里波第骑马雕像和很多在意大利复兴运动中为意大利的统一作出贡献的杰出人物的半身雕像。

发芽,这种子已经过于成熟,

无法再开花结果,因为
疲惫苦涩的生活烦乱严酷……
眼前是潘菲利别墅①,

静谧的光反射到
崭新的墙壁上,那就是我住的那条道路。
在我家附近,在衰败得

像铸件黑色毛刺一般的小草上,
在凝灰岩上新挖的大坑
边缘——任何破坏的

疯狂都会留下印迹——冷漠的挖掘机
在稀疏的高楼和一片天空间
爬过后留下一串印迹……

---

① 潘菲利别墅公园是罗马市内面积最大的公园,位于贾尼科洛山。潘菲利别墅建于十七世纪,最初是潘菲利家族的别墅,因有此名。

面对这些杂乱地爬在泥泞中的机器,
面对这块挂在人字架上的褪色红巾,
在过于悲惨的夜间的一个角落,

这一切对我来说
是什么样的惩处?
面对这透着死亡气息的血染的污渍,

为什么我的良心依然如此盲目坚持?
面对刻骨铭心的内疚——这使我内心更加痛苦,
我的良心为什么隐藏不露?

为什么我心中也是
那些没完没了的时日
形成的感觉?在那样的时日,

挖掘机在死寂的晴空下褪色变白。

我在千万个房间中的一间脱去衣服,
这个房间沉睡于丰塔亚纳大街。
你可以挖掘时代的一切:希望、

激情。但不能挖掘生活的
这些纯粹的形态……当经验
和信心充满这个世界,

人就会陷入
这些形态……啊,在雷比比亚的时日,
我以为那是迷失于贫困中的

日子,现在我才知道那是多么自由的时日!

在困难时刻,这些时刻
使奔向人的命运的进程迷失,
因热情而得到的是负面的清澈,

在率真中得到的是负面的平衡——
心也与清澈和平衡相结合,
在这些时日里也与智力融合。

成熟却并不精通的思想意识
拒绝盲目的惋惜,而这是我同世界
进行种种斗争的标志……

这世界不再受神秘支配,

支配它的是历史。

认识到这一点快意千倍增长——就像

每个人都谦卑地知道的那样。

马克思或戈贝蒂、葛兰西或克罗齐[①],

在鲜活的阅历中才有活力。

如果我极力要分辨,

分辨一代理想的人

看起来应有的理想形象,

十年来模模糊糊的职责之主题就会改变;

我孤居雷比比亚时写的每一页每一行

都有那种激情,都有那种自负,

[①] 戈贝蒂(1901—1926)是意大利著名的反法西斯活动家,曾与葛兰西并肩战斗,遭受法西斯残酷迫害,健康受到严重影响,二十五岁流亡法国时去世。克罗齐(1866—1952)是意大利哲学家、美学家、史学家、文艺评论家,新黑格尔主义的主要代表之一。1920年任教育部长,墨索里尼上台后因拒绝同法西斯政权合作被撤去部长职务。

都有那种感激。在我的

老工作和老的贫困构成的新境遇中

出现了新东西。

在这被遗忘的监狱之地的

早上或者傍晚，

少数朋友来看望我，

他们会看到

我身心中鲜活的光明：

温和、强烈的革命性

驻于心中和语言中。一个人日趋练达老成。

IV

面对它夹着的那些带着林中香味的老茅草,
我的心收紧,我的脸对着
它那猪牙一样的钢爪

或者迷失的熊爪,
它的嘴上还留着玫瑰的气息:在我身边,
房间实际就是一片林中空地,年轻人

最后的冷汗浸湿的毯子,像花粉
构成的纱幔在舞动漂移……其实
我是在一条路上前行,

这条路旁是春意盎然的草地,
这草地散乱于天堂之光里……
我深一脚浅一脚地行进,

背后的这一带可怜贫穷,
这里已不是罗马郊区:石灰水写的

或刻下的是"墨西哥万岁",

留在庙宇的废墟,留在岔路口的墙壁,
墙壁破败,零落得像瘦骨,远处是
闪着亮光一动不动的天际。

这里是一座小山山顶,
四周是古老的亚平宁山脉,
起伏于雾霾之中,

以及半空的城区,尽管现在是
上午女人们购物的时刻,但城中空空,
——或者是在黄昏,

晚霞照着孩子们,
他们同妈妈一起走出学校大门。
街道沉浸于一片宁静中:

碎裂的铺路石铺就的街道迷失于灰蒙,
这些铺路石像时光一样久远,像天空一样灰暗,
两边石块砌成的镶边

沿着大街向远方伸延,时亮时暗。

寂静中,有人在移动:

有老妇人,也有孩童

沉醉于游戏中,那里

是一座十六世纪的可爱大门,

两扇门在寂静中敞开,或者是一口小井,

井边石碑刻的是小动物,身披霞光

立在稀稀拉拉的野草中,

某个岔路口,有人唱着早被遗忘的歌曲。

市镇的一个空旷广场

面对着山坡顶峰,

周围是一座座房屋,

越过矮墙和一棵巨大的绿色栗树

可以看到谷地的天空:但看不到谷地的身影。

这片天空在蓝色

或浅白或者说苍白中颤动……然而

科尔索大街①仍在延伸,

越过悬在亚平宁式天空的那个亲切的小广场:

伸入拥挤的房舍之间,

向下来到半山坡:再向下

——巴洛克式的建筑已经稀疏——

谷地豁然开敞——然后就是空旷的沙地。

再走不多几步

是一个拐弯,大道在那里

已进入光秃的陡坡草地,

草地野草卷曲。左边

面对斜坡,一座教堂几乎已倾圮,

教堂墙上画满壁画,蓝的,

红的,教堂后殿的涡形装饰依旧,

---

① 科尔索大街是罗马市内的一条重要大街,由市中心的威尼斯广场通往郊外。科尔索的原意是"奔跑",过去的赛马活动在这条大街举行,因此得名。过去,各地的大家族都喜欢在本市的这条大街旁购买地皮建房,方便观看赛马比赛。

坍塌教堂的铁栅栏带着斑驳铁锈,

只剩后殿的穹顶
像一个巨大的贝壳
对着晴空张开大口。

远处,从谷地外,从沙地上,
开始吹来清风,轻柔,消沉,
使皮肤感到温暖舒服……

甜美季节初期,从刚刚湿过的
田里,或者河岸边,
风吹过这座城市,

现在就是这样的味道:你
分辨不出这些味道,但你发狂,
几乎可说是惋惜,你想知道

这是白霜上亮光的味道,
还是上午骄阳下
掉到荒废的谷仓的葡萄

或者枇杷的味道。
我兴高采烈地喊叫,
望着大谷地,

这气味像暖流或亮光,
让我的肺受伤不已
……………………

V

瞬息的安宁足可揭示
内心的焦虑,
这焦虑清晰得像

阳光明媚之日的海底。你认出了它,
无须反复证实,痛楚就在那里,
在你的床头,心底,双腿之间,

放松的脚底,你知道那就是
被钉上十字架的耶稣——或者是醉酒的挪亚[①],
挪亚在梦里,他纯真,

不知道儿子们的欣喜,儿子们
纯洁,强而有力,因他而欢乐欣喜……
白天的光明已笼罩着你,

---

① 挪亚又叫诺亚,是《圣经》中的人物,《圣经》中记载了挪亚方舟的故事。

房间里你像一头熟睡的雄狮。

在这既欢乐又痛苦的境地，
哪条路才能使心
完美充实？

片刻的安宁……在你心中重新唤起的是
战争，是上帝。激情刚刚平静，
新的伤口刚刚愈合，

你的灵魂已经融化，
像是已全部散失，
有如在梦里，不会有任何

成果的痕迹……于是，如果激起
希望——带着伏特加臭味的
老狮子，受到冒犯的俄罗斯的

赫鲁晓夫向世界宣布——
"你会发现你在梦里。"
你像是在平静甜蜜的八月里

燃烧,烧毁你的每一种激情,

你的每一种内心的痛苦,

你的每一种天真的羞涩,

因为——在感觉中——

你没有处于世界更替变化的顶峰。

恰恰相反,习习新风吹来,

这新风推你倒退,回到

风平浪静之处:那里,

肿瘤再生,爱、观念、畏惧、

欢乐的古老煎熬

重新汇聚。

恰恰就在昏昏欲睡的梦中

就是光明……恰恰就在

婴儿的无意识中,

在兽性或者幼稚的浪子的无意识中就是纯真……

最大胆的狂怒就是逃遁,

最神圣的情感驻于人的最低级的行动中，
这行动在早晨的昏睡中消磨殆尽。

VI

上午的阳光懒洋洋
却很炎热——阳光强烈,
掠过工地,掠过

被晒热的窗框——不顾一切的
震动声打破寂静,
这寂静中弥漫着

陈牛奶、空广场和纯真无邪的味道。
至少从七点起,这震动声即同太阳
一起升起。只有十来个可怜的

老工人在工作,
脖子系着红巾,背心
被汗水浸透,他们无言沉默,

同四周的泥泞、
土浆拼搏,但这似乎只是徒劳,

拼搏令人战栗却毫无成果。

然而，挖掘机的抓斗在发怒，
盲目而固执，盲目地粉碎，
盲目地抓起，

几乎是漫无目的。
此时突然一声喊叫，
是一个人在喊叫，重复延续，

这呐喊透出痛苦，像个疯子，
很快，这个人的喊叫似乎已停止，
突然他再次发出死一样的尖叫，

然后是奄奄一息，在强光下，
在令人眼花缭乱的高楼大厦之间，
大厦崭新，千篇一律，这尖叫

只能是濒临死亡的人的哀嚎无疑，
这是生命最后一息的哭泣，此时，阳光依然灿烂，
海上微风已使这阳光颇有些甜蜜……

这喊叫是由于
成年累月起早贪黑饱受苦累折磨,
回应这呐喊的是同伴们的

集体沉默。
这是个老旧的挖掘机:但是,与此同时
挖出的新土胡乱堆积,此时,二十世纪的

地平线边缘
呈现出整个街区……整个城市
沉浸在节日的流光溢彩里,

——这就是如今的世界。这呐喊和哭泣是由于
刚刚结束后又重新开始的一切。也是由于
曾经是草地和开阔空地的地方,

现在新建为院落,白得像蜡,
闭塞于令人怨恨的庄重之中;
也是由于一个像老集市的地方,

抹上的泥灰起伏不平反射着阳光,

现在它几乎与世隔绝，痛苦的气氛中
人来人往熙熙攘攘。

这呐喊和哭泣是由于所有的改变，也是
为向好的改善而叹息。未来之光
无时无刻不在

刺痛我们的心地：在这里，
痛苦将我们每天的
日常活动烧灼，同时

又相信这痛苦也会让我们的生命延续，
这痛苦在戈贝蒂给这些工人以冲击时也像火焰一样熊熊燃起，
在对面的另一个平民街区，

这些工人将他们那褪色的希望红旗默默举起。

1956 年

10

诗体论战 ①

富有生气的科彼德②地区
尘世之光下正午显得阴惨昏黄,
这里立着大理石雕像。

有污迹的照片上法西斯雕像也暗淡无光,
身上粗毛呢的原色已经褪光,

---

① 《诗体论战》发表于1956年11月的《工作坊》杂志,回击《当代人》杂志编辑部1956年6月对他的一篇文章的攻击(具体情况见书末作者的注中关于这首诗的注解)。
② 科彼德地区在罗马市区的东北角。1915年,由于罗马人口增加,当局决定创建新居住区,最后由建筑师吉诺·科佩德设计并主持建设工程,1927年科佩德去世时居住区尚未完成,此后在墨索里尼上台后的法西斯专政时期建成。意大利争得奥运会主办权后又在这一地区附近建起奥运场馆(因第二次世界大战,1940年和1944年的奥运会被迫取消),中心体育场周围建有二十多尊白色大理石运动员雕像(墨索里尼强迫全国二十个大区捐献建成),后来人们直接用"大理石"三字称呼这一体育场。

一副进军罗马①前的玩世不恭之态,

不再是初出茅庐的愣头青模样。
阳光灰蒙蒙,
像蒙了一层油腻腻的纱或者复写纸,

被阴影中三轮车和红绿灯前喘着气的电车
荡起的灰尘覆盖,一些追随黑手党的人
或者因神经衰弱而病恹恹的疯子懒洋洋

不紧不慢地从车上下来。绿色植物带伸向
十一月四日大街,

---

① "进军罗马"是墨索里尼组织的一次夺取政权的活动。1919年3月,墨索里尼在米兰纠集一百五十人,组建所谓"战斗的法西斯"。"一战"后意大利经济情况恶化,社会矛盾尖锐,给了法西斯以可乘之机。1922年底,法西斯武装党徒已达五十万人。该年9月墨索里尼成立最高司令部,10月20日法西斯总部命令全国总动员,宣布进军罗马。24日,墨索里尼在那不勒斯法西斯党代表大会上叫嚣:"假如我们不能和平接受国家政权,便带兵到罗马去清君侧,用武力夺取政权。"法西斯武装(因统一穿黑衫也叫黑衫军)约四万人开始向罗马进发,但墨索里尼心中并无胜利把握,躲在米兰观察进军情况。各地政府军和警察大多严守中立,只有共产党领导的少数群众进行了阻击。面对这种状况,政府不知所措,29日,国王埃马努埃莱致电墨索里尼,答应他的组阁要求。30日,墨索里尼率法西斯党徒进入罗马,开始了法西斯独裁统治。

天气依然闷热难当……

傍晚降临,但它仍然遥远,
就像风暴,阴云突然集聚,
但随后却慢慢

翻滚——其能量在天空释放,
凶险已逝不再逞狂。
寡白的太阳在凝聚它的光,

每条街道每个广场,
人群在无声无息地来来往往,
这些人成群结伙却都是一个模样。

"这是迷茫的时刻,我们像失败者一样活着……"
你这样对我说,饱含苦涩,
对十多年来经历的一切已醒澈。

这是如此明澈,
在世界与心之间明澈得几乎像一首牧歌:
他像你一样疲惫——这样说有些庸俗,

他一脸怪相,像来自南方的移民的
老气横秋的儿子,
这些移民食不果腹,一副畏缩胆怯相,

他横眉怒目,
与新来的穷人和单纯无知的教条主义者一模一样。
你希望你的生活就是做斗争儿郎。可是现在

这样的斗争已走进死胡同,正如风已停息,
红旗懒洋洋吊在旗杆上。你已经
四十多岁,面带微笑,你的动作

——像那些从未熄灭旧日怒火的人一样——
像年轻人一样轻快激昂。
你对父辈们失望,转身对我,

怀着极友好的诚意,
却又字斟句酌,像那些无意识中
不肯屈服者,但他们一无所获。

而我……我却退缩:我只能
激动,像通常一样:我发疯,
因为我不得不沉默,不能助你一臂之力,

只好说我还是个年轻小伙,
我还没有任何可靠的庇护;
我只能说激情并非总是恩泽。

我知道,常常是,我所拥有的,
用一个行动就能表达,这一行动不会不同于
镁光灯的一闪而过。

我用我外行的眼睛盯着,
这双眼竟然凶狠地成了专家的眼睛——就像一个
平平常常的摄影记者,

在这毫无生气的黑夜,搜寻
生活中的景象并将其定格——
在尘世间沦落的毫无用处的角落

进行搜索。那里有些闪光和几声喊叫,
被卖往生活最黑暗市场的人在嚼舌。
我想这是一个敌意城市中心地带的

欢乐的无声证据突然定格。
这座城市的夜黑暗无边,
可耻丑恶:一只只暗淡的灯在喘息,

把它们的昏光抛向成群的
年轻人,抛向摩托车组成的长河,
以及骚动的洞穴

和毫无生气的摩天大厦间黑暗的角落,但是,
在内心深处,无论多少动作实际都差不多。
千万种快乐,其中之一却是痛苦形成的折磨。

这是被压迫的、没有觉悟的民众的
无声证据,他们散布于地下室、陋室
以及彩票店——这是无产阶级,

性和恐惧

使他们无法摆脱其泥泞道路:但是,
渴望和愤世嫉俗

为他们标出了新路——对此他们一无所知,心灵
依然被历史的饥饿占据。昨天的
斗争计划已经过时,

墙上最新鲜的标语也已成碎片落地。
任何一个夜晚,让觉悟照亮事物的机制,
都在变换更易。

生活再次显得更有生气:这是标志,
意味着有些东西在生活其中的人身上已经死去。
生活在进展,

在没有完结的机制中进展:而你们的痛苦
——因再也不在第一线而痛苦——很明确,
如果错误——尽管也是千真万确——得到

补偿,你们敢于承认你们也有过错,
你们的痛苦也是千真万确。

但是,过去的斗争

在你们身上留下的印记很深,
那是最近这伟大的十年的斗争:你们
已经习惯作正义的奴隶,

为希望所激励,于是开展必要的活动,
这些活动却挫伤心灵和觉悟。
你们习惯于有意沉默,习惯于

讲话字斟句酌,习惯于诽谤,
但并不憎恨,习惯于赞颂却并不热爱;
习惯于小心翼翼的言行也显得粗暴,

习惯于虚伪地制造轰动喧闹。
你们盲目行动,为民众服务,
却并没有深入民众内心,

而仅仅只利用他们的旗帜:你忘记了
必须让每一个机构流血,
为的是不回到空想,

不继续忍受创新的痛苦。
不像街头的其他同志,我并不要求你们
行动要不可思议地严峻并始终与理想相符:

行动过程中毫无情感也会有代价付出。
有人极度担心过往进程中发生的事,
极度担心其种种表现:

天真地回到民众之中,
回到对消极的仁慈之情的热爱,
以及退回到仁爱——实际

并非如此。这正是你们
在我推动下所犯的错误,正是
宗教式虔诚的错误……在依然闷热的

秋季下午泛红的阳光下,
在死一样的气氛中,你们的
节日重新开始。嘈杂的声音

透出神秘和派性纷争。这嘈杂声

充斥于一个圆圈内,
这圆圈由表面鲜活却十分冷漠的圆柱围成,

圆柱的寡白表面是几十年勇气退缩进程的证明。
大片简陋茅舍——那里越是民众可怜巴巴地喜欢的东西
越是不伦不类地显出虚伪的道义,

越是被虚伪地称颂——面对可怜巴巴的山脊,
格罗里别墅公园①湿漉漉的斜坡,充满
垂死夏季似的春日气息,

充斥着变味的民间节日
久远的喧闹气息……成千上万名党员,
来自"贱民"居住的街区,

急急忙忙赶来,建起营地,
人头攒动,热烈无比。年轻人
穿着节日才穿的裤装,

---

① 格罗里别墅公园是罗马近郊的一个公园,在富人集聚的帕里奥里地区东北部,奥林匹克体育场和音乐公园就在附近。

彩带飞舞，红巾飘动，喜气洋洋，

活像一群群疯子吵吵嚷嚷，

他们头戴墨西哥帽，红得像血染过，在空地和小树间，

乱哄哄结队前进，团伙成帮，

也有人离队单行，嚼着美国口香糖，

大大咧咧吊儿郎当，

不知什么是羞耻端庄。

男人们早已陶醉，

这猥劣的陶醉也像痛苦一样

被掩藏。这些男人拉家带口，

他们紧紧围住午后茶点的点心筐，

像是要带领一家人走向光秃的高冈……

山顶，一顶帐篷下，

篝火已半灭半明，

一半天空与之辉映，

主席台上空无一人，再也没有任何事

比这反常的节日更令人痛心。
在喊叫声最高的地方之外,

却是沉默无声。再也没有
生动热烈的气息:少年拳击手不熟练的
拳击也是如此,他们在松树林间

临时搭建的台上拳击,
在小小的拳击台上骄傲无比,
观众喊声四起,还有稀里糊涂的争吵,

讥笑讽刺,谩骂攻击,嬉闹和不讲信义。
当晚最期待的时刻
即将来临,

这种死一样的诱骗让人
开始激动:但你此时依然不知
是痛苦更烈,还是爱

更深。突然,在已经显出微明的空气中,
场地上散乱的人群

一下陷入寂静和另一种生活的

喧闹之中,在被人遗忘的这一晚间的
黑影中,这喧闹来自一支无头无尾的大军,
这队人时而欢呼时而不知所措地发窘。

散布各处的乐队奏响音乐,
合调的乐声像颤抖或者回头浪,
越过乱糟糟的人群,

人群散布在斜坡、光秃秃的草地
和茅舍旁,在红毛衣和红徽章间,
在无名小河不动的死水旁,

乐队的铜号闪闪发亮。
突然,一个老人迟疑不决地
从白发苍苍的头上摘下帽子,

怀着重新激起的狂热激情,
从他身前一个人手里
抢过一杆大旗紧抱在胸。

他紧紧抓着旗子，周围的人在歌唱，
亲密地围在那种乡间的铜号旁，
他步履蹒跚突然站住，

挥动旗帜，这是他的神圣旗帜，
旗帜在众人头顶飘扬，
同时他沙哑地同人们一起歌唱，

沙哑之声像来自一个陶醉可怜的泥瓦匠。
本来是欢快的歌唱，
很快停了下来显出失望，这位老人

听任旗帜慢慢倒下，
双眼热泪流淌，
慢慢把他的帽子再戴到头上。

在这座公园熙熙攘攘的人群头顶，
黑暗将人们的盲目欢乐吞噬，
也许这黑暗不是因黑夜提前降临，

而是因疑虑而形成。正是

由于怀念过去的时光,

正是对错误的担忧,尽管这担忧已消除,

正是这些造成了如此忧伤——不是秋色萧瑟,

或者无声的淫雨——笼罩于这场士气不振的节庆活动之上。

可是,生活本来就充斥着这样的忧伤。

1956 年

11

耕种之地 ①

耕种之地已临近,

番茄、常春藤,

细弱的树叶间

散布着一群群水牛和一些房舍。

偶尔闪过一条小河,小河流过

地面,穿过榆树林,榆树上

---

① 《耕种之地》署的日期是 1956 年,1957 年在《新主题》杂志发表。诗人描写了火车上见到的那些每天为前往工作场所而奔波的人,他们贫穷、麻木,好像身外的一切都是"敌人"。"耕种之地"原是意大利南方的一个大区,意大利统一后下辖的一些地方陆续划归其他大区,之后剩余的地方建立卡塞塔省和拉蒂纳省,分别划归坎帕尼亚大区和拉齐奥大区,"耕种之地"大区不复存在。这一地区属于南方,各方面比其他地区落后,现在的卡塞塔省和拉蒂纳省一般也被认为属于南方。标题原文"La Terra di Lavoro",意思是"耕种之地",按译名规则应音译为"泰拉迪拉沃罗",但这首诗中意译似更好些。

爬着葡萄,河水乌黑
像浓汁黑墨。乘客稀少的火车
车厢内,秋天的萧瑟笼罩着

湿漉漉的破布套,
以及令人神伤的木椅硬座:如果说车外
是天堂,这车内就是

死人的天地,他们经历
痛苦复加痛苦——对此他们从不置疑。
座位上,过道里,

乘客们下巴贴胸,
背靠座椅,
嘴边是一小块抹着黄油的

面包,兴味索然地嚼着,
可怜而阴郁,与啃嚼
偷来的一小口饭食的野狗无异:向上

你可看到他们的双眼,双手,

颧骨上是难看的红晕,

从中可看出他们内心的敌意。

但也有人并没有吃东西,

或者是一个人,他不肯向专注的听者讲述其经历,

如果你观察他,他也看你,

目光中显出他的心意,那几乎就是,

怯怯地对你说,他没有做过

任何坏事,他清白无比。

一个小女人,来自阿韦萨或者丰迪①,

摇着摇篮,摇篮中是她的小女儿,

睡梦中活得可能像小天使般甜蜜,她在逗着

她的小女儿——要是从梦中把她唤醒,

她会说一些新词向她解释这个世界,

可她说的却是一些像这个世界一样让人厌烦的旧词。

---

① 阿韦萨是卡塞塔省的一个市镇,丰迪是拉蒂纳省的一个市镇。

如你仔细观察,她一动不动,
像一个动物在装死;
她蜷缩在可怜巴巴的衣服里,

目光空洞,听着身旁传来的话语,
这些话偶尔会使她想起她的穷困,
这穷困好像是她的罪过无疑。

接着又摇起她的摇篮,不看不听,
对身边的任何事情一无所知,只是轻轻叹息。
旁边靠窗是个年轻后生,

他的小脸黑得像泥炭,
散发着无法形容的羊圈臭味,
关闭心扉一脸敌意,

不敢向人表示亲近,也不敢向身旁的人表现怨艾。
他死盯着窗外的山和天空,

双手插进口袋，这个巴斯克人①的眼

让人觉得他像个无赖：不看旁人，
什么都不看，领子高高竖起，
可能是因为天太冷，或者是由于

坏人那种神秘的奸诈，被遗弃的家犬的奸佞卑鄙。
潮湿使木椅的陈旧臭味更浓，木椅
布满油污和烟熏火燎的痕迹，

与此同时，这臭味又同小巷里人住的
牲口圈似的住处的新杂草臭味搅混在一起。
从已经显出紫色的田野间

投来一束光，这束光照亮了人们的心，
而不是他们的躯体，从他们那比这束光还冷峻的
眼里，透出的是饥饿，

---

① 巴斯克人是西南欧的一个古老民族，主要分布于西班牙巴斯克地区、纳瓦拉地区和法国南部，保存着本民族服饰与风俗，是欧洲传说最多的一个民族。巴斯克人说的巴斯克语极其难懂，系属未定，因此被称为"来历不明的异类"。

奴性,以及孤僻。
满世界都是这样的人,
他们忠实赤裸地

展现了他们的历史,
尽管他们已沉没于再也不是我们的历史。
他们的生活属于过去的世纪,

他们自己却活在本世纪:他们
向了解这个世界的人表明,他们这群人
是一个只知贫穷对别的一无所知的群体。

对他们来说,唯一的守则始终是
奴隶般的仇恨和奴隶般的欢愉:然而,
在他们眼中已经可以看出

另外一种饥饿的痕迹——这饥饿
难以满足,像面包像一切必需品
一样难以满足。那是一个

真正的幻影,这幻影显然只能

用希望二字相称:希望或许

已被人们重新把握,隐隐约约的

拯救的曙光已照耀南方,

照耀这些像羊一样听话的活人。

可是现在,对于这些被晚霞照耀的人,

对于这些畏畏缩缩

乘坐这趟车的乘客来说,

每次内心之光的闪耀,

每一个觉醒的举动,似乎都是过去的事情。

今天,在那个摇着她的婴儿的女人看来,在这些

一无所知的黝黑的农民看来,

为了解救其他母亲,

为了解救其他幼婴,

为了他们的自由,

为了这些而牺牲的人都是敌人。为了激励

别的被奴役者,激励别的农民,

为了他们而牺牲的人,

尽管为他们渴望的正义顽强斗争,他们认为这些人也是敌人。
谁撕碎了旗帜,
这旗帜已让刽子手用血染红,

他们认为也是敌人,诚心保护他们
免遭反动刽子手之害的人也是敌人。
希望他们举手投降的统治者,

诚实展开斗争的同志,这种真诚
已是对忠诚的否定,他们认为都是敌人。
为了过去的民众的抗争

而感谢上帝的人,他们认为是敌人,
为新的民众而宽恕血债的人,
他们认为也是敌人。

于是,在流血的一天,
这个世界又回到

像是已经完结的时代:

照耀这些人的光,
依然是旧南方之光,
这块土地上的人仍陷于旧泥塘。

如果你在心中以世界的眼光来衡量这种失望,
你会认识到它不会
导致新的冷漠,而是旧激情的余响。

于是在这种光照之下你迷茫,
这光随着雨突然掠过红鼠尾草的
土地,以及前面提到的民房。

你迷失于这座旧天堂,
在这熔岩形成的山谷之外
现出蓝色之光,尽管有人世间的味道,你面向

窗外的地平线,那不勒斯
消失在灰色的弥蒙中,你看着
正午的风暴,这风暴打破这里的平静安然,

袭向拉齐奥的一座山,拉齐奥的其他山峰已很遥远,
另一阵风雨袭向这片被遗弃的土地,
袭击这片土地上的泥坑、脏乱的菜园

以及大得像城市一样的村落乡间。
雨和阳光同时呈现,
融汇为一种欢乐,也许这欢乐仍保留于

——像另一种历史的碎片,
但已不是我们的历史的碎片——这些可怜的
乘客们的心间:

他们活着,只是活着,活在热情之中,
这热情使生活比历史更有意义。
你迷失于内心的天堂,

你的怜悯对他们来说也是敌意。

1956 年

注

《人民之歌》

《阿达贝尔托斯·科米斯·库蒂斯》是一首讽刺歌曲（九世纪最后十年到十世纪头十年间），以此人的姓名为歌名，（十九世纪语言史学家）诺瓦蒂在探索意大利民歌的渊源时，在（伦巴第国王）柳特普兰多时期的《编年史》的一节中发现了这首歌。"现在要到埃利亚修士身旁"则是1240年的事，是小孩子们取笑埃利亚修士及其忠实信徒的一句话，（十三世纪修士）萨林贝内在其《编年史》（诺瓦蒂也曾提到这本书）中提到过这件事。《自由树之歌》自然不是民歌，起初，意大利革命派得到的是《前进》一歌的简单翻译（前进，前进，前进/爱国主义将履行：/不怕铁与火/意大利人必将获胜/前进……）。后来，由于"崇拜"，产生了多种版本的《自由树之歌》。于是，十九世纪意大利领土收复主义者的自由资产阶级的浪漫—民族复兴传统歌曲大量涌现，民众对这些歌曲自然并不感兴趣。可以说这首歌在政治上是反动歌曲，正像在这首诗的同一小节中所提到的那首歌一样，是亲波旁王朝反对刚刚统一的意大利的秘密团体的人唱的歌曲。

《集会》

我的弟弟圭多参加了游击队,在"奥索波旅"英勇作战,一年后,即1945年2月在威尼斯朱利亚的山区被杀害。

《弗留利绘画》

这些诗句是为画家朱塞佩·齐盖纳在罗马举办的一次画展创作的。

《葛兰西的灰烬》

葛兰西的墓是英国人公墓中的一座小小的坟墓,这座公墓在圣保罗门和泰斯塔乔地区之间。葛兰西的墓离雪莱的墓不远,墓碑上仅仅写着"葛兰西之墓"和生卒年月日。

《故事》

这些诗句所讲的、成为一种创伤的是一个消息,这一消息是阿蒂利奥·贝尔托鲁奇告诉我的,这就是,我的小说《求生男孩》因"淫秽"被人告发。

《诗体论战》

《工作坊》第六期刊登了我的一篇文章,题目是《立场》,文章即将结束时写道:"至于说采取立场,应该说是一种玛拉玛尔多式的行为,即虐待人的行为。萨利纳里和另外一些人的意识形态—策略的冷峻和僵硬是被卢卡奇所说的'前景论'娇惯出来的,他在就苏联共产党第二十次代表大会接受《团结报》特派记者采访时使用了'前景论'这个词。这种幼稚的、文盲似的(也是官僚式的)理论上的强制做法源于一种信念:现实主义文学必须建立在这种前景论的基础之上;而在一个像我国这样的社会,不可能简单地打着从不成熟的、强加于人的前景来看似乎是健康状态的旗帜就可以摆脱痛苦、危机、分裂等状况。"这段话在《当代人》杂志编辑部引起轩然大波。接着,这家杂志在其"争议"专栏中(1956年6月9日)以不够宽宏大量的推论为基础对我发起攻击(宽宏大量地委托卡尔维诺在这家杂志回击我)。苏联共产党人在第二十次党代会之前的文件中所要求的形象整合——用风格主义评论家们所用的词汇——不是以作为认知对象的世界的实际价值而加以实现,而是空想地把这种价值——要么是浪漫的,要么是怀疑的——提前加以实现。因此,这是信仰论,是先验论。至于文学策略论,我显然悲观地表示怀疑。我的回击(正如这首诗的诗句所表明的)极为克制,其间包含的是诚心诚意,绝对不牵扯到具体的文学活动。

《历史的饥饿》是 R.G.(Roberto Guiducci,罗贝尔托·圭杜奇)为 D. 蒙塔尔迪的《克雷莫纳调查》(载《意见》杂志 1956 年 6—7 月,第二期)写的前言的题目,调查就克雷莫纳市雇工基层同共产党领导人之间的关系演变状况进行了分析。这一现象在整个意大利十分明显,罗马游民无产阶级与领导之间的关系也是这样。

"像街头的其他同志"等诗句,我指的是,比如说《议论》杂志编辑部的人,在我写《诗体论战》一诗时,《议论》杂志出了一期很有意思的增刊,增刊的题目是《关于意大利马克思主义文化组织的建议》,其中写道(我们只就一个方面挑选了几段):"对于被说成是文化极端分子这样的指责我们没有必要感到脸红,这指责的不是我们,而是提出这一指责的人。如果不极端,如果不为自己的决心所征服,就不可能致力于文化事业,即不可能进行科学的探索,不可能探索真理。机会主义和外交辞令既非历史主义,也不是辩证法。""最后,我们认为,在今天,政治参与……必须是科学的,必须通过各个层面的复杂的全面调查研究网络进行,以使工人阶级和农民能够走向自我治理,摆脱在行政治理方面被孤立的状态。""……为的是让母鸡们闭嘴,暴风雨过后这些母鸡就来到街头唱它们的诗句。今天,在一些政党即将召开党代会前夕，在即将就意大利社会主义的前景作出极为重要的决定前夕，可以说，如果不少人不是出于正直而是狐假虎威，推崇专断、粗鲁的威吓，这些人不容许就政治路线同时也是意识形态和文化路线进行任何深入的讨论，或者说，不断涌现的社会主义政党的官僚们总是开展玩弄外交辞令的活动，那么混乱、表面化、缺乏真正的自我批评就不可避免。过去有些人，每当要求进行讨论和反思时总是以工人运动和工人阶级的团结为借口要求别人住口，今天那些人则面临这样的风险：用自己和别人的记忆去加深已经存在的鸿沟或者挖掘新的鸿沟，他们保护的若非个人或派别利益，即是保护一个党的封建特权及其宇宙进化学说。"

然而，在福尔蒂尼和《议论》杂志编辑部其他人关于文化和文化工作的观念中，我感到存在危险，不，不是极端主义的危险，而是某种形式的神秘论的危险，这恰恰是出于将基层神秘化，恰恰是出于一种令人怀疑的愿望——打着道义旗号把自己严严实实地隐藏起来。

译后记

皮埃尔·保罗·帕索里尼是二十世纪意大利文坛的一位奇才，他是电影导演、诗人、作家、编剧、文学评论家和电影演员，还是语言学家、画家、翻译家。他才华横溢，多才多艺，笔锋犀利，精力充沛，勇猛坚毅，在短短五十多年的生涯中在文学和艺术等多个领域展现了非凡造诣，作品浩繁，精品不可悉数，取得辉煌成就。如果要写二十世纪意大利文化艺术史，他无疑是一位不可或缺、需要浓墨重彩阐述的现象级人物。他的一些作品往往一出现就引起轰动，他受到的关注和非议在当代意大利知识分子中无人能比。自1955年他同电影大师费里尼合作开始涉足电影直至去世的二十年间，他写的电影剧本多达二十一部，每一部导演和参演的影片都引起了轰动。他在电影方面的辉煌成就，往往掩盖了他在其他方面的成就：他写了大量长篇小说、戏剧和社会评论，最主要的成就是诗作，他一生出版的诗集达十七部之多，诗作总数比意大利二十世纪诗坛隐逸派三巨头翁加雷蒂、蒙塔莱和夸西莫多加起来的诗作总数还要多。他的几乎每一部诗作都引起广泛关注，一般认为，其中最重要、最有代表性的作品是《葛兰西的灰烬》《我的时代的宗教》《玫瑰形的诗》和《超然与条理》。我能有机会翻译这四部诗集中的前两部，实在幸运。但愿他更多的诗作被译出，让中国文学和艺术界以及广大读者了解、研究他的诗作。

帕索里尼二十岁上大学时就出版了第一本诗作《卡萨尔萨的诗歌》，但使他一举成名的是1957年出版的诗集《葛兰西的灰烬》。该诗集收录了写作于1951年到1956年的十一首诗。此书一出即引起轰动，当时的报道称，一本诗集"销售情况如此之好极为罕见"。评论界也开始热烈讨论，它被称为"新一代（知识分子）的第一本诗作"，是意大利战后文学的"一项重要成果""诗歌领域最重要的作品"，是"对二十世纪意大利文学的挑战"，它"宣告了资产阶级文明的末日"。帕索里尼自己也宣称，这是一本思想意识的诗作。1961年出版的《我的时代的宗教》收录了作于1955年到1960年之间的近四十首诗，诗集从独特的视角出发描绘了意大利的社会现实，特别是永恒之城罗马的另一面，最黑暗角落的夜间生活：发泄不满的年轻人、卖春的妓女和皮条客、失业者和流浪汉……其描绘有时不堪入目，却内涵丰富，让人看到这座代表意大利的城市被黑夜掩盖的真实面貌：一座地狱。当然，这两部诗集遭到的非议不小，甚至左翼政党的一些评论家也表现了"不解"。但人们还是不得不承认,这些诗作反映了诗人对时代、对权势集团和教会造成的剥削和压迫的最清醒认识,诗人对之进行了猛烈的抨击,表达了对最底层民众和丧失基本权利的人的同情和怜悯,指出了新资本主义的穷途末路,表现了他作为一个知识分子要承担起教化职责的信心和斗争的决心,因而奠定了他成为战后意大利最重要的诗人的地位。

"二战"后期和战后重建时期,意大利文学艺术方面最流行的艺术风格是新现实主义,这种风格的优秀小说和电影大量涌现,在世界文坛影响很大。但是,新现实主义的诗作却很少,诗坛最有影响力的是艺术性很强、着力刻画人的内心世界细微情感瞬息万变的隐逸派。在这种情况下,一个三十多岁的普通知识分子写出思想意识如此鲜明、如此热情洋溢、如此观点明确、如此雄辩、战斗力如此强大的诗作自然会引起巨大反响。著名作家莫拉维亚曾说:"帕索里尼是一位伟大诗人,一个世纪只会有那么两三个伟大诗人。"后来有人甚至说,意大利二十世纪诗坛的代表性人物只有两个,一个是1975年获诺贝尔文学奖的蒙塔莱,一个就是帕索里尼。

帕索里尼喜欢运用"读画诗"和"游走诗"的方式全方位地详尽展现意大利社会被掩盖的真实面貌。"读画诗"是观赏一幅画,同时又观察四周,既描绘画作又写周围的人和事以及诗人自己对生活的感受,像对着镜子在思考、探索(比如《我的时代的宗教》中的《财富》一诗);后者是游走于街头广场,身临其境地观察,清清楚楚地表现目之所见和心中所想,既像充满激情的内心独白,又有雄辩的批判力。

作为书名的《葛兰西的灰烬》一诗就是一首"游走诗",诗人在罗马找到第一份工作时每天都同平民一起乘坐公交车和近郊火车到郊区上班,途经之地就包括葛兰西所长眠的公墓。葛兰西是意大利共产党的主要创建者,西方著名的马克思主义者和文艺理论家,因提出"走向社会主义的民族道路"被称为"创造性的思想家"。三十三岁时身为国会议员的葛兰西被法西斯非法逮捕并被判处二十年徒刑。在狱中,吃的是发霉的食物,多雨阴冷的冬季不许取暖,病时不给应有的治疗,墨索里尼恶毒地宣称"要使他的头脑停止思考二十年",妄图达到"慢性杀害"的目的。但葛兰西在极端艰苦的条件下仍然以坚强的意志研究革命理论和实践问题,凭记忆写下三十多本《狱中札记》和大量书信(后结集为《狱中书简》),成为意大利现代思想史中的重要著作。1937年葛兰西病故,被葬于罗马市近郊的非天主教徒公墓,简单的墓碑上仅铭刻着"葛兰西之墓"和生卒年月。诗人怀着敬仰的心情写道:"你用消瘦的手描绘出了理想","在你被虐杀的/时日里,你写下了那些最辉煌的诗篇巨制"。"他不顾牺牲地斗争……真诚地疯狂献身……他的内心充满 / 充满圣经式的精明……以及自由的 // 讥讽激情","捍卫着令人着魔的纯真"。这些诗句表现了对这位生前死后都遭迫害的伟大革命家的敬佩。在天主教民主党主宰政坛、教会势力强大的意大利,这可以说是极为勇敢的行为。诗人接着满怀激情地呼吁:"必须认识, / 必须行动","不应让步退避",表达了应该做一些事以承担启蒙教化作用的雄心。与此同时,诗人也指出,被葬于非天主教公墓无疑是对这位伟大人物的亵渎,并悲叹几十年过去了依然留在这里,"除了在这格格不入的地点,在这仍然被放逐的地点 / 安息之外,你一无所能"。这些诗句表达了对左翼党派在资产阶级和宗教势力面前的无力与妥协、葛兰西的理想已处于落空边缘的悲愤。"锤子敲击铁砧之声, / 这声音慢慢消退",就是这种悲愤的诗意表达。这首诗中对国家社会经济发展的描写证实,发展早已走上歧途,诗人对国家发展的前景和希望已经落空,剩下来的只能是展开新的斗争。

关于诗集《我的时代的宗教》,诗人自己说:"《我的时代的宗教》表现的是六十年代的危机……一方面,新资本主义的警钟已经拉响,另一方面,革命处于停滞状态,两者之间是真空,是随之而来的生存的可怕真空。"这些诗作描绘的正是"二战"后意大利经济恢复后工业高速发展、出现第一次"经济奇迹"的时期,相对落后的南方很多农民涌入北方,形成汹涌的国内移民潮。意大利虽然很快从一个落后的农业国发展成一个发达的工业国,但随之而来的经济和社会的深刻变化使很多严重问题凸显出来。诗人敏感地发现并描绘了这些问题,他对底层百姓实实在在的苦难进行仔细思考、分析,指出这样的状态无可避免的最后结局,进而明确表达自己的愤慨和批判,提出应当全盘否定这个新资本主义社会,否定这个早已衰落的庸俗虚伪的"国家的冷酷无情的心"主宰的社会。

作为书名的长诗《我的时代的宗教》也是一首"游走诗",但不是诗人在游走,而是两个青年在罗马游走,诗人在对之观察和回忆及思考中写成这首诗。他想起,自己儿时曾"将我的/纯真和我的鲜血全部奉献给耶稣基督"(诗人实际上十四岁就放弃了宗教信仰)。但他现在看到的是,青年人"在混乱中生存,没有一个人关心,/他们怀着人的激情恣意而行"。他们"是穷人的子孙,/命中注定要俯首听命","因此而堕落卖身","妓女们在卖春"。接下来是"我"的游走和回忆:"我青春期所爱的教会/已在过去的世纪中死去",因为"人的任何/真正的激情都没有表现在/教会的言辞和行动中"。教会中"始终存在的是怯懦无能","没有一个人知道如何感受真正的激情"。这让诗人产生渎神的感觉。诗人进一步指出,天主教的信仰"就是资产阶级的信仰","其标志//

是各种特权,是各种好处,/ 是各种奴役"。面对这一切,诗人问道:"此时我能做些什么?"答案是:"翻腾着极为焦虑的 // 爱的人,绝不能将这份爱 / 天真地向它奉送。""在这个无情的地狱","我不会安分,永不安分","我希望与众不同",我要"另辟蹊径"。最后诗人高呼:"死亡依然统治一切:可我没有死,我依然要说。"对"穷人子孙"的深切同情溢于言表,对教会毫不留情的抨击如雷贯耳,诗人激情和斗争精神喷涌而出。

帕索里尼1950年来到罗马后先借住舅舅家,次年才同母亲一起在一座监狱附近租房住下,生活十分艰苦,每天长途跋涉到郊区小镇的中学教书。途中所见和艰苦的生活为他的诗作提供了丰富多样的素材,也使他见识了穷人的艰辛,感受到了疲惫苦涩的生活烦乱严酷。这两本诗集的题材广泛,包括对反法西斯抵抗运动的歌颂,对野蛮的工业化和新资本主义的揭露与批判,对工业区边缘地带贫苦百姓和失业者的艰苦生活以及这些地方年轻人以放荡行为表达抗争的描绘,对社会混乱和投机钻营以及畸形消费的批判,对知识界的犬儒主义和助纣为虐的批判,对教会的毫不留情的抨击,等等。诗人看到,意大利没有任何变化,它"在像空气一样的甜蜜的死亡中颤栗,// 这里最高统治阶级的统治永不变异"。诗人用"沉睡""卑微""低眉顺目""停滞死亡"等词语来形容这个国家,这里充满"死气沉沉的气息","月球上的生活也不过如此",称它"是这些人的土地:奴仆、饥民、腐败者、/乡民们的公务人员、迂腐的省督、/油头粉面心地肮脏的律师……这是一座兵营,一座神学院,一片裸体海滩,一座赌窟"!诗人把妓女形容为"女王","她的宝座/是一片废墟,她的国土/是布满粪便的一块草地,她的权杖/是一个红色的小手提包提在手里"。"周围,是一些皮条客,他们……是头领,是摄政王坐着元首的交椅:他们/静静地眨眼示意,用暗语交流,/在夜间完成交易。""一个(十一岁的)孩子/被赶出来独自闯荡世界","这样的辛劳/只有被掐住脖子的人才能接受,/每一种生存方式都与他为敌"。疲于奔命的普通人"都在历史之外,/都处于同一个世界,这个世界除通向/性和心的道路外别无出路",他们"对其主宰者们的所有召唤/听命顺服",而主宰者"轻率地要人们习惯于//必定使之成为牺牲品的最无耻的习俗"。《卑微的意大利》一诗中燕子翻飞贯穿全诗,用飞翔来反衬"黑暗阴郁"的意大利,而意大利"被向后拖","拖向空虚的时代"。诗中特别提到"对分佃农"和农民"一家人面对地主沉默不语"等细节。提出教会"应该向善,/却被无耻行为控制"。诗人在《致一位教皇》中甚至指着鼻子对教皇怒吼:"多少善事你本来可以做!可你没有做:/没有一个人比你有更大的罪过。"这些诗描绘了万花筒般的生活场景和细节，表现了诗人对社会现实的独特看法，在抨击"资产阶级无能"的同时，一些不值一提的细节和某些人的无知、顺从激起诗人的愤怒。同时他也从游民无产者身上看到了纯真和希望，看到民众中也有很多人"从这些冰凉的岩石中／汲取强大的激情活力"，认为他们是自由的、不受种种规则约束的典型和未来的希望。这点燃了他的同情、愤慨和激情，对民众"那一成不变／反复再现的生活的认知／长久地存在于我心底，我心里／依然满是早已不新鲜的哭泣"，"我心中却是暴风骤雨"。诗人最后说："必须／摆脱这贫穷苦难的监狱！／必须摆脱焦虑。"在两本诗集中，诗人强烈的激情闪着光投射于所有事物，对教会、意大利权力体系、一些政党和知识分子、黑手党和"新纳粹"发起排山倒海般猛烈抨击，观念明确，"激情与思想意识相互重叠"。可以说，这两本诗集是最具诗人个人特色的杰作，是他的诗作中最具激情和战斗力的作品。

帕索里尼在诗歌方面之所以能取得这些成绩，应该说主要原因是，他是意大利最突出的（但也很孤独）葛兰西式共产党知识分子，他自觉努力运用葛兰西的理论，然后以自己冷峻的观察力深入观察、科学研究当时意大利最重要的社会问题和社会矛盾，努力探索社会邪恶的根源及其对底层民众的戕害，他关注底层民众，所以能够满怀激情地为底层民众发声，呼吁开展新的斗争，这展现了一个左翼知识分子毫不妥协的斗争精神。

帕索里尼出生于博洛尼亚，父亲是军队中尉，母亲是教帅。幼年因父亲军事调动全家多次迁徙。他八岁上小学时即开始写诗，十七岁入博洛尼亚大学文学院，学习期间写了一些诗，1942年出版的《卡萨尔萨的诗歌》受到一些评论家的好评。二十一岁被招入法西斯军队，因他对法西斯早已反感并拒绝向占领意大利的德国纳粹交出武器，很快离开军队，到母亲的故里卡萨尔萨镇避难。他的母亲1944年同她的第二个儿子圭多参加了反法西斯游击队，但在抵抗运动中几个政党所属游击队存在分歧，圭多所在的共和党所属游击队次年2月在威尼斯朱利亚的波尔祖斯山区被另一个党的游击队围歼，圭多被杀害，这对帕索里尼造成很大刺激。战争结束后的1945年底，帕索里尼才从博洛尼亚大学毕业，他成绩优异。1950年，帕索里尼因接受三个男孩的"性服务"被调查，赔偿几个男孩后被迫同母亲一起前往罗马谋生。他的父亲在法西斯军队侵略非洲时被俘，1946年从肯尼亚提前遣返，1958年去世。这些经历对他影响很大，他从不提做过法西斯下级军官的父亲，对母亲则十分敬重，在诗作中常常提及。他将抵抗运动比作"一束光"，此光将照亮未来，给未来带来希望，在诗作中对弟弟圭多更是着墨颇多。到罗马后他开启了生命的第二阶段,此时的他已能够深刻理解底层民众的疾苦,对他们身上的压迫感同身受,他关注人民,为人民和社会前景担忧,他仔细观察,积极探索,发现弊端,寻求变革之途,表达自己的责任和抱负,这使他的诗作具有强烈的批判意识和战斗精神,最终汇聚成耀眼而辉煌的篇章。了解他的这些经历和当时意大利的社会状况,无疑对理解他的作品有很大助益。

在意大利,帕索里尼的一些作品也曾引起巨大争议,尤其是一些小说,被指责过于淫秽,教会和右翼借此大做文章,多次就他的作品或行为提起诉讼,他一生面对的起诉达三十多次。这些人对他的一些政治观点和主张更为不满,反复指责批判。他所在的意大利共产党一些部门负责人和倾向于该党的评论家也不能理解他的观点和主张,甚至直接批评。1952年乌迪内地区的共产党领导决定将他开除。在这种大环境下,他能取得如此成就实属不易。

不管他的观点和行为引起多少争议,他的诗作的批判目标却很明确,他在激进党党代会上作为知识分子和诗人的致辞中提出,应当"在民众当中传播本应有的权利意识","激发他们拥有这些权利的愿望",可惜的是,会议开始前他已遇难,致辞由他的一位好友代为宣读。他鲜明的批判态度和杰出的成就自然使黑暗势力十分愤怒。1975年11月2日人们在罗马郊外荒凉海滩发现了帕索里尼被打得不成人形的尸体，十七岁的男妓皮诺领了罪，调查取证、判刑等过程草草了结。人们一直怀疑，这个小青年怎么仅凭一人用一块木板就将另一个年富力强的男人打得面目全非，怀疑他只不过是替罪羊，背后一定有黑暗势力。这样的怀疑不断有人提起，但一直没有下文。当时，诗人被袭击致死的那块空地，很快成了"朝圣之地"，小汽车排起长龙，有人用石块垒起椭圆形坟堆，用两根木棍做成十字架立在坟后，漆上"P. P. Pasolini"，还有人剪下报纸上诗人的照片压膜后靠在十字架旁，四周的花瓶插满鲜花。他的朋友们和文化界的一些名人为他举办了隆重的葬礼，称他为"圣帕索里尼"，在他们和广大读者心中，他将永垂不朽！2022年帕索里尼百年诞辰之时，在意大利和其他一些国家举办了不同形式的纪念活动。中国社会科学院的《世界文学》杂志4月号也推出帕索里尼小辑，刊载了他的小说、散文、访谈录和纪念文章，以示纪念。

两本诗集早在2020年前就译完，后历经各种曲折，终于如愿付梓。在此感谢电影资料馆的张红军同志，是他向我提起翻译这两本诗集一事。感谢商务印书馆丛晓眉老师和版权代理公司聂丽英老师为两本诗集所做的诸多努力。感谢前任编辑杨蓓蓓老师去读博前加紧编辑，这种精神很值得敬佩。

感谢为这两本诗集出版付出辛勤劳动的所有人员。帕索里尼是一位大家,一位语言学家,准确将他的文字译为中文着实不易,特别是他排山倒海式的批判,那种气势体现出来的确很难,翻译时只能勉力为之。两书译文肯定有不少瑕疵,希望方家指正,更愿能有更好的译文出现,不辜负这位大家。

刘儒庭

2023 年 8 月

图书在版编目(CIP)数据

葛兰西的灰烬 /(意)帕索里尼著;刘儒庭译. —北京:商务印书馆,2024
ISBN 978-7-100-22916-6

Ⅰ.①葛… Ⅱ.①帕… ②刘… Ⅲ.①诗集-意大利-现代 Ⅳ.① I546.25

中国国家版本馆CIP数据核字(2023)第164721号

权利保留,侵权必究。

葛兰西的灰烬

〔意〕皮耶尔·保罗·帕索里尼 著
刘儒庭 译

商 务 印 书 馆 出 版
(北京王府井大街36号 邮政编码100710)
商 务 印 书 馆 发 行
山 东 临 沂 新 华 印 刷 物 流
集 团 有 限 责 任 公 司 印 刷
ISBN 978-7-100-22916-6

2024年3月第1版　开本787×1092　1/32
2024年3月第1次印刷　印张7
定价:68.00元